地球儀から見えてくること

藤田 実
Minoru Fujita

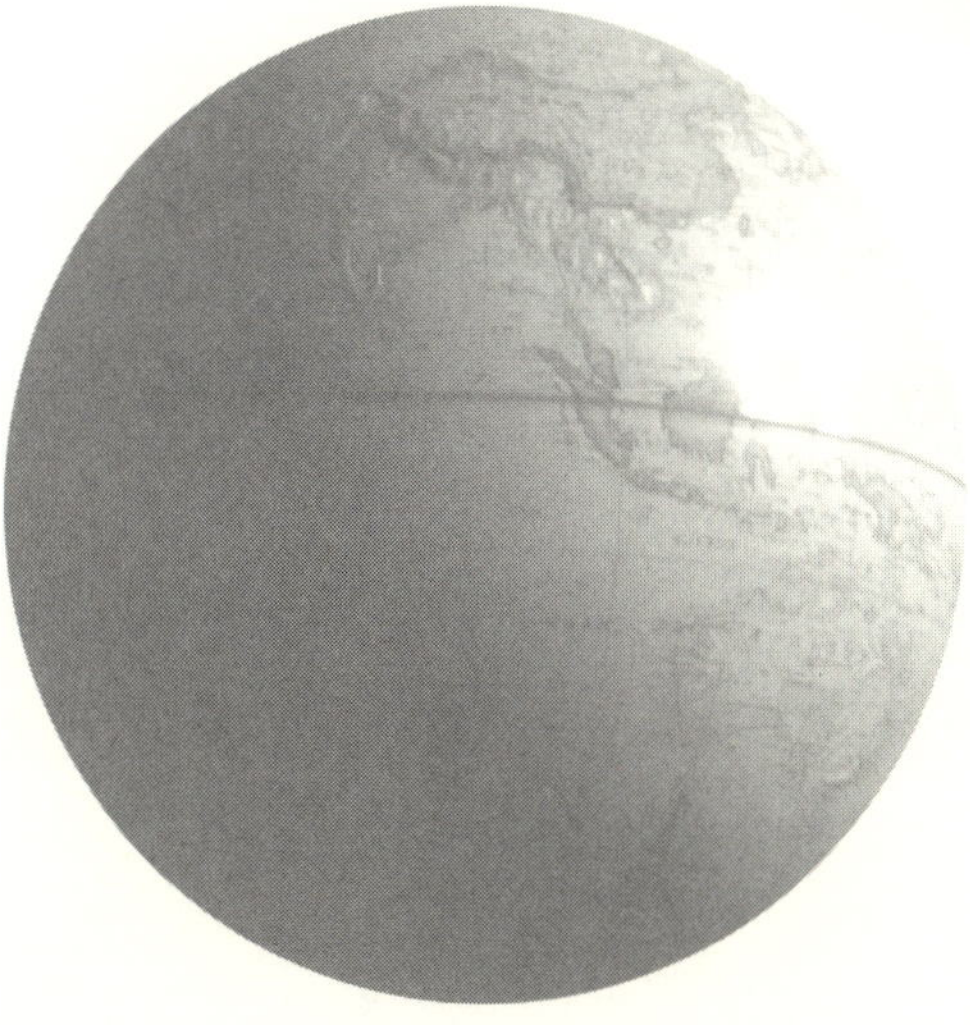

文芸社

挿絵：山﨑洋子

はじめに

筆者は大学で一般教養としての「環境教育」に携わりました。1回目の講義内容の一部を本書の一番初めにまとめました。そのほか思いつくままに書きましたが、仕分けてみると次のように分類できます。「地球儀から見えてくること」「東日本大震災と福島第1原発事故」「エコ活動」「定年」「孫」にまつわることです。

「地球儀から見えてくること」では、「わが家のエネルギー革命」として、定年後に設置した太陽電池による電気量などのデータを解析してまとめました。微小規模ながら、ただ発電というだけでなく、いろいろな面で社会貢献していることが分かりました。一般家庭では、太陽電池が夜や降雨のときは発電しないことを悩む必要はありません。このことは社会全般で考えるべきだと思います。多くの家庭で太陽電池を使うことがエネルギー資源の節約に大きく貢献するのです。

2011年3月11日、未曾有の出来事、東日本大震災と福島第1原発事故が発生しました。いまだに胸が痛みます。その想いから、この年の6月に政府が設けた「国民的議論」に参加し、提出したパブリックコメントを「東日本大震災と福島第1原発事故」では掲載しました。

「エコ活動」では、エコ活動の啓蒙は、実践によって気づいてもらう内発的動機づけが有効であることを、筆者の体験にもとづいて述べました。

「定年」では、定年後の夫婦円満の秘訣について書きました。最近テレビで、フランス人が「一緒にいないことも、夫婦円満のコツだよ」と言っていました。そこでウェブ検索したところ、筆者が見出したと思っていた夫婦円満の秘訣を実践した日本人夫婦がいました。終戦後、政財界で活躍した実業家・白洲次郎と正子夫婦です。「夫婦円満の秘訣は、できるだけ一緒にいないこと」。別々に秘訣を問われて、二人とも同じ答えだったということです。もちろん、これがすべての夫婦に通用するとは思いませんが、一つの生き方でしょう。

このように、定年1年目は自分探しの年でした。いろいろなことに首を突っ込み、行きついた一つがエッセイの執筆でした。執筆のきっかけ作りにと「輝き厚木塾」のエッセイ講座を受けました。講師の秋山則照先生は懇切丁寧に導いてくださいました。講座終了後にメンバーでサークルを立ち上げましたが、先生はサークル活動の助走の手助けもしてくださいました。心から感謝の意を表します。

目次

エコ活動

定年後の生き方

孫たちのこと

地球儀から見えてくること

地球儀から見えてくる地球

ラジオで、小学4年の子が「地球儀を知っていますか」と聞かれ、「はい」と答えていた。地球儀は学習、あるいはインテリアなどに幅広く利用されている。入学や進学のお祝いとしてもらった子も多いだろう。

地球儀にはいろいろな大きさのものがある。

アメリカ大統領官邸のホワイトハウスでは、確か直径1メートルくらいの地球儀が置かれていると聞いた記憶がある。大統領は、しょっちゅう地球儀を見ていることだろう。「どこどこで何々があった」という情報が世界中からどんどん入ってくるのだから。

10年くらい前に「もし世界が100人の村だったら」で始まる本（『世界がもし100人の村だったら』池田香代子編、マガジンハウス）が話題になった。

このあと、話は、

「その村には……

57人のアジア人

21人のヨーロッパ人
14人の南北アメリカ人
8人のアフリカ人がいます」

というように続く。

世界人口70億人超というような大きい数字を「100人の村」という単位にすると、話が直感的に分かるようになる。

同じ発想で、地球や宇宙を地球儀と同じ尺度に縮小してみる。すると、かけがえのない地球のことが実感できるだろう。

以下、地球儀を使って、私たちが生存している地球のことを考える。

＊

地球の直径は1万3000キロメートル。

よくある直径26センチメートルの地球儀は、地球を5000万分の1に縮小したものだ。

次頁の図表1のいちばん右の欄の数値は、地球や宇宙にあるものの高さや距離を、地球儀と同じように5000万分の1に縮小したものだ。

—	備　考	高さ、距離	地球儀上の高さ、距離
1　地　　球			
富士山	頂上は地上の$\frac{2}{3}$の空気量	4 km（3,776 m）	0.08 mm
エベレスト	頂上は人間の生存限界	9 km（8,848 m）	0.18 mm
オゾン層	一部の紫外線を吸収	30 km	0.6 mm
成層圏	大気の厚さ	50 km	1 mm
宇宙ステーション	宇宙空間	400 km	8 mm
2　宇　　宙			
月までの距離	—	380,000 km	7.6 m
月の直径	地球の$\frac{1}{4}$の大きさ	3500 km	7 cm
太陽までの距離	光速で 8 分20秒	150,000,000 km	3 km
太陽の直径	地球の108倍の大きさ	1,400,000 km	28 m
太陽系の大きさ	—	6,000,000,000 km	120 km

図表1　地球儀レベルの地球と宇宙

閑話休題

実際の 1 kmは、直径26cmの地球儀上ではどれだけの長さになるのだろうか。

それは、1 kmを$\frac{1}{50,000,000}$にすればよい。

- 1 kmは1000m
- 1 m は100cm、そして 1 cmは10mm
- このことから、1 kmは1,000,000mm
- 1 kmすなわち1,000,000mmの$\frac{1}{50,000,000}$は0.02mm

以上から、地球上の 1 kmは26cmの地球儀上では0.02mmだ。

図表1から、次のことが見えてくる。

①富士山の高さは3776メートル。これを分かりやすく4キロとして5000万分の1にすると、0・08ミリ。これが地球儀上での富士山の高さだ。

——富士山頂上での空気の量は地上の3分の2。だから富士山に登って高山病になる人がいる。

②高さ9キロのエベレストは地球儀上では0・18ミリ。

——エベレストの頂上は人間の生存限界の高度で長くは留まっていられない。

③高度50キロまでの成層圏を大気の厚さとしてよい。この厚さは地球儀上では1ミリ。

④宇宙ステーションは、地上から400キロの宇宙空間を飛ぶが、地球儀上では8ミリのところ。これは地球儀の軸を支えている半円形の枠と地球儀とのすき間くらいだろう。

——たったこれくらいの高度で無重力、しかも真空の世界なのだ。

筆者は大学で一般教養としての「環境教育」に携わった。1回目の講義には地球儀を持ちこむ。講義では、図表1のいちばん右の数値のところを空欄にしておき、学生に計算させ、あとで答えてもらう。学生は計算しながら、地球はこんなにも小さいのか、と驚く。

地球が丸いということは、ほとんどの人が知っている。しかし、地球の大きさなどを考えたことがある人はそんなにはいないだろう。地球儀レベルで、図表1のように地球や宇宙を眺めてみると、意外に思うのではないだろうか。

大気の厚さが1ミリで直径26センチの地球が、広大な宇宙にポツンと存在することを想像すると、本当にこれだけなのかとさえ思ってしまう。

ＪＡＸＡ宇宙飛行士の毛利衛氏は、

「空気の層を宇宙規模で見ると、リンゴの皮くらいだ」

と例えていた。まったくその通りだ。

同じ宇宙飛行士の古川聡氏はテレビ番組（ＮＨＫ　２０１２年4月22日）で、スペースシャトルで宇宙ステーションへ飛行していくときの様子を次のように説明している。

①10〜13キロ：（地上で見える）青い空

②15　キロ：真っ黒な空

③30　キロ：ギラギラした太陽

④80　キロ：流れ星、オーロラが発生
⑤400キロ：国際宇宙ステーション

古川氏によると、飛行機が飛ぶような高度13キロまでの空は地上と同じように見える。つまり、筆者が飛行機に乗ったとき、機内テレビに飛行ルートや速度、高度などが映っていて、高度は1万1900メートル（11・9キロ）だった。まさに、対流圏と成層圏の境界あたりを飛行していたのだ。

2012年10月10日にアメリカの宇宙船ドラゴンが国際宇宙ステーションに到着した。長期滞在中の同じ星出彰彦氏がロボットアームを操作して機体を捕まえてドッキングさせた。このときの写真（10月11日付毎日新聞）を見ると、地球は明るいが外側は真っ黒。そんな中、星出氏が操作するロボットアームやドラゴンは写っている。宇宙船が見えるということは、真空で真っ黒の宇宙だが、太陽の光は届いているということだ。星出氏からは太陽がギラギラと見えるだろう。

今のところ、生物は地球上にしか存在しないと言われている。しかし人類は今、宇宙規模では非常に脆弱とさえ思える地球の環境を自ら破壊するような方向に向かっているのではないか。今生きている人は、子どもが、孫が、さらにその先の子孫も、われわれが残す環境を受け継いで生きていくことに、思いを馳せなければならない。

1972年にローマ・クラブが『「人類の危機」レポート　成長の限界』（ダイヤモンド社）を発表してから40年。1960年代ころの人口増加や環境破壊がそのまま続くと、資源の枯渇や環境の悪化により100年以内に人類の成長は限界に達すると警鐘を鳴らした。

1988年、国連は3000人の専門家集団で構成されるIPCC（気候変動に関する政府間パネル）を設立した。そして世界レベルで気候変動の課題解決に取組むようになった。国、自治体、企業レベルなどでも取組んでいる。

Think globally, Act locally（地球規模で考え、身近なところで行動せよ）

広く知られているこの言葉は、地球環境問題に当てはまる。

「この限りある地球環境を地球規模で考え、後世のことに思いを馳せ、身の回りのエコ（環境保全）活動を日常的に実行していこう」というものだ。

これは、個人レベルのエコ活動にこそ当てはまる言葉だ。

『成長の限界』を中心になってまとめた米国のデニス・L・メドウズ氏は、「一人ひとりの行動はとても小さく思われるが、それが積み重なって大きな変化になる」と言っている。ほかの多くの人も同じことを言い、筆者もその通りだと思う。

【余録】脆弱な地球が理解できるもう一つの見方

地表から10～17キロくらいまでの空気の層から成る対流圏では、上昇気流が発生しやすく、雲が発生し雨が降るなどの気象現象が起こる。この上の層50キロまでを成層圏といい、空気の対流はほとんどなく、雲もほとんど発生しない。

脆弱な地球が直感的に分かるように、対流圏の厚さを地上の距離に置きかえ、鉄道の距離で表すと、東京駅を起点として大井町駅（9・2キロ）～川崎駅（18・2キロ）あたりまでに相当する。このように読者はこの10～17キロを自分が分かる距離に置きかえてみると理解できるだろう。空気の層が、地球が、いかに脆弱であるかが……。400キロの国際宇宙ステーションから写した写真で、雲が地球にへばりついているように見えるのは当り前のことなのだ。

大気の循環

太陽は地球に熱・光を与え万物をはぐくむ。（『新明解国語辞典』第三刷）
地球は生き物の生活舞台だ。

イギリスの中学生用と思われる化学の教科書（「Co-ordinated SCIENCE Chemistry」Oxford University Press）に、次のような大気の循環のイラストが載っている。

のどかな牧場
——草をはむ牛のそばで農民が作業をしている
↓
少し離れたところに、ごみ箱と棺おけが置かれている（棺おけについては後述）
その先の廃棄物処理場の煙突からは二酸化炭素（炭酸ガス）が排出されている
↓
二酸化炭素は循環して牧場に降りてきている
——そして最初の草をはむ牛のところに戻り、循環する

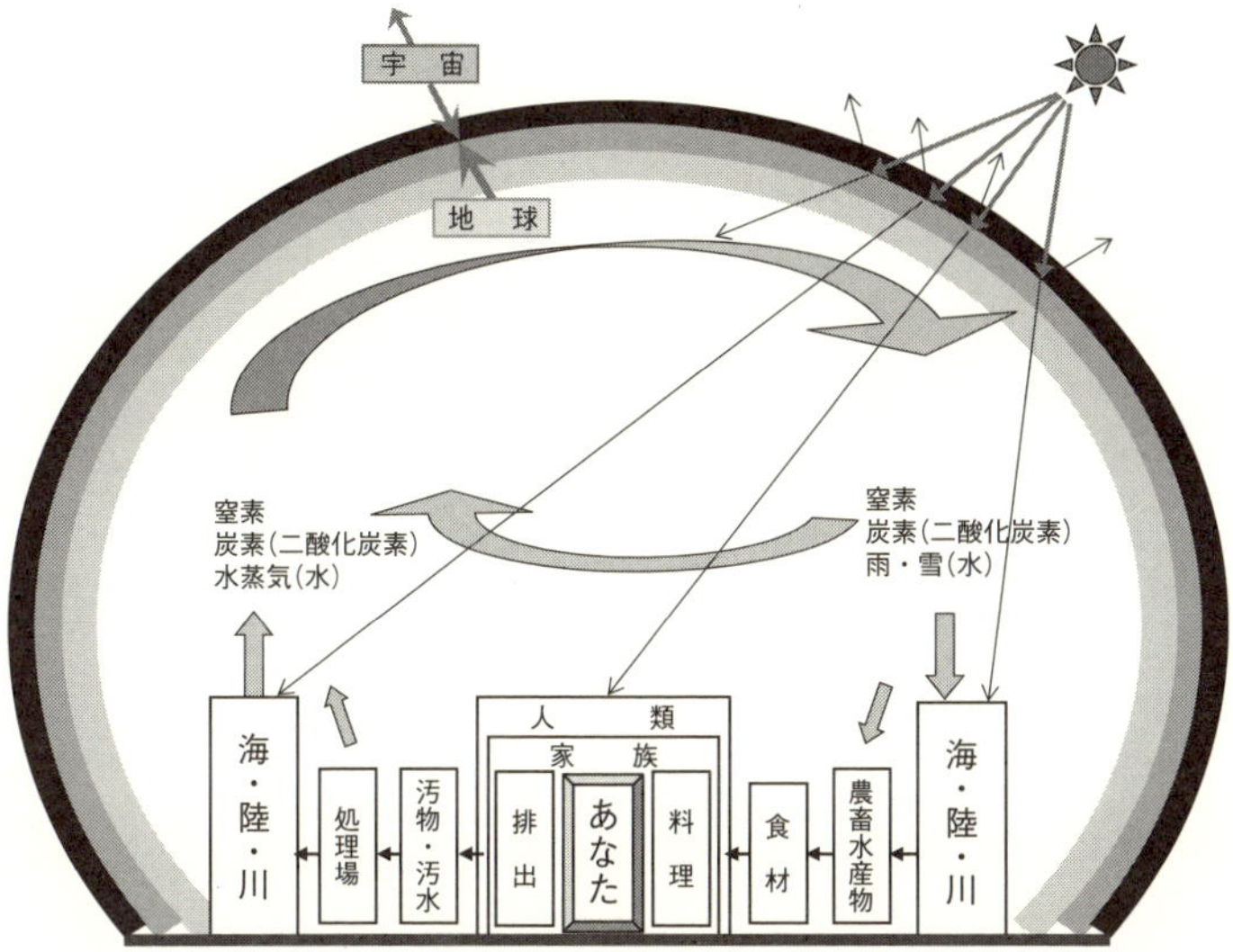

図表２　炭素、窒素および水の循環と人類　© M.Fujita

教科書では水と窒素についても同じように説明している。

水は海や陸、川からも蒸発して雨や雪になり、循環している。

窒素は人や動物の肉体を構成する元素の一つであり、これも循環している。

この三つの成分の循環を炭素、窒素および水の循環という。

空気は、窒素78％、酸素21％、二酸化炭素０・03％、ほか、これらの成分で成り立っている。

このイラストに基づいて空気の３成分の循環をもう少し詳しく見ていこう。

上の図表２の金魚鉢をひっくり返し

たようなイラストを見てほしい。内側は大気の空間（地球を取り巻く空気の全体）を表している。外側は宇宙だ。

生き物はすべてこの太陽による大気の循環の中で生かされている。

（1）生活空間から自然界への大気の流れ

下の平らなところは地上だ。

――地上には海や陸、川がある。

――生き物の生活舞台だ。

――人類の生活舞台でもある。

←

右上には太陽があり、地球に光が注がれている。

――太陽から1時間に届くエネルギーの量は、人類が1年間に消費するエネルギーの量に匹敵する。

（注）太陽光は紫外線、可視光線、赤外線から構成される。この内、可視光線のエネルギーが最も強い。

←太陽から届いた光は宇宙へ反射される分と地球に入ってくる分がある。

←入ってきたエネルギーは、大気に吸収されたり、水を蒸発させたり、風や潮流のエネルギーになったりする。

——植物が光合成して育つのにも使われる。

——地球に入ってきてから宇宙へ放射される分もある。

——上空の大きい矢印は太陽エネルギーによって大気が循環していることを示す。

←生活空間の真ん中にあなた（読者）がいると考えよう。

——あなたは食事や活動をして生きている。

←人類は生活の場ではごみなどの廃棄物を排出する。

←廃棄物は処理場に運ばれて処理される。

――可燃物を燃やすと、煙突から二酸化炭素や窒素ガス、水蒸気などが排出される。

――汚水も処理されて、最終的には同様になる。

↓

排出されたガスは大気中に拡散する。

（2）自然界から生活空間への大気の流れ

図表2の右側では二酸化炭素などが地上に降りてきている。

――植物は太陽光を浴び、光合成により二酸化炭素と水から糖類などを作り育つ。

↓

動物は草などを食べて育つ。

――肉食動物もいる。

↓

――農畜水産物になる動植物も育つ。

↓

農畜水産物があなたのところに食材として届く。

↓

そして、この話の最初のところに戻る。

――二酸化炭素や窒素、水が循環しているのである。

――実は、この循環の中にはあなたの家族がいて、世界の人たちがいる。

――もちろん生き物の生活舞台でもある。


前述の教科書には「棺おけ」が描かれていて驚いたが、納得した。人間も牛も体の大本である元素は炭素、窒素と、それに水で構成されている。教科書ではベッドに裸でニコニコして座っている乳児の写真を載せ、この子の体の約20％は炭素だと述べている。皮膚や筋肉などの肉体は窒素も構成元素の一つである。さらに人間の体重の60～70％は水である。

太陽エネルギーによって起こる大気の循環の中で、生き物や人間は活動できるのである。生き物や人間が一生を終えると、二酸化炭素、窒素ガスそして水となって、大気の循環の中に拡散していく。自然に戻っていくのである。

世界の人口は2011年に70億人を超え、2012年の秋までに5000万人増えたと推測されている（『70億人の地球』ナショナル ジオグラフィック）。

地球環境問題の一つに世界の人口の爆発的な増加がある。

1992年にリオ・デ・ジャネイロで環境と開発のための国連会議、地球サミットが開催されて20年。このサミットは人類が初めて地球の目線で地球環境の危機をとらえたものとされる。

人口の爆発的な増加、貧困、温暖化とそれに伴う気候変動、生物多様性、森林破壊、資源の枯渇など、地球規模の課題は深刻である。

わが家のエネルギー革命

三十代後半に現在地に家を建てた。家を建てるにはまだ若く、資金面で苦しかった。でも、わが家が欲しかった。ある住宅メーカーの平屋を選んだ。あとで2階部分を増築しようと思ったが、それはできない構造だという。そこで妻には、あとで建て直すから我慢しようと言って納得してもらった。

あれから三十年余、定年を迎えたときに建て替えた。

今度は資金に余裕があった。そこで、太陽光発電システムを導入することにした。選んだ住宅メーカーは、1997年に世界初の屋根材一体型の太陽光発電システムを標準で搭載した住宅を発表した。太陽電池は瓦の役目をする。そのころの販売実績は約400棟というから、わが家は結構早い時期に導入したことになる。

居間には「エネルギー表示器」が設置されている。この表示器には消費している電力や発電、売却している電力などが表示され、刻々と変化する電力状況が把握できる。データを保存しておくこともできる。最近よく聞くスマートメーターの一種だ。

さらに、調理・給湯・冷暖房などの熱源はすべて電気で賄うオール電化にした。

太陽電池の発電能力は2・4キロワット。東京電力の電力買取制度を利用し、平成21年11月から10年間の余剰電力の売買契約を結んだ。売却単価は1キロワット時あたり48円で、支払う電気料金の単価（左記）よりかなり高く買取ってくれる。

電気料金の契約種別は、オール電化契約で「電化上手」という名称の料金体系である。この電気料金の単価は、左記のように電気が多く使われる時間帯は高い。これは、福島第1原発事故1年半後の平成24年9月に値上げされたもの（カッコ内は旧単価）。
①朝晩時間（7～10時、17～23時）：25・20（21・31）円
②昼間 〃（10～17時）：夏期は37・56、他は30・77（31・55）円
③夜間 〃（23～7時）：11・82（7・35）円
夜間の単価は朝晩と昼間時間の単価の3分の1～2分の1。「電化上手」は、夜間の余剰電力を使ってもらおうという奨励策でエコキュート（自然冷媒ヒートポンプ給湯機）などで給湯することを前提にした料金体系である。

【参考】通常（一般家庭）の「従量電灯」料金体系

第1段階：　　～120キロワット時　18・89円（最低生活水準）

第2段階：120～300キロワット時　25・19〃（標準的な家庭）

第3段階：300～　　キロワット時　29・10〃（やや割高な料金）

＊

太陽光発電とオール電化システムを導入してから7年。この間に得られたデータからわが家の電気の利用実績を述べる。データは、東電から毎月届く［電気ご使用のお知らせ］と［購入電力量のお知らせ］を利用した。

1 7年間の発電電力量と売却電力量

発電電力量：1万6000キロワット時

売却　〃　：1万キロワット時

この差は自家消費分で6000キロワット時。

発電電力の内の売却電力の割合は62％である（自家消費分は38％）。

2 二酸化炭素の抑制

1キロワット時あたりの二酸化炭素の発生量（排出係数）は0・43キログラム。だから、7年間の太陽光発電によって約7000キログラムすなわち7トンの二酸化炭素の発生を抑制した。年間では1トン。この分だけ、地球温暖化の抑制に貢献したことになる。

3 エネルギー資源の節約

1キロワット時あたりの原油換算率は0・243リットル。だから7年間で3900リットルの原油を節約したことになる。月間では46リットルだ。

ガソリンや灯油などの石油製品は原油を精製して取り出す。そこで、今計算した46リットルをガソリンと仮定する。わが家で消費するガソリンは毎月40リットル前後。だから、エネルギーの点からすると、ガソリンは2・4キロワットの太陽電池で賄っていると考えてよい。

このように、わが家では太陽光発電により、エネルギー資源を節約している。

4 光熱費の節約

電気料金（電力の購入料金）と売却料金の差は、消費電気料金とみなしてよい。2010〜2011年の月間の消費電気料金の平均は2772円だった。ガスは使っていない。

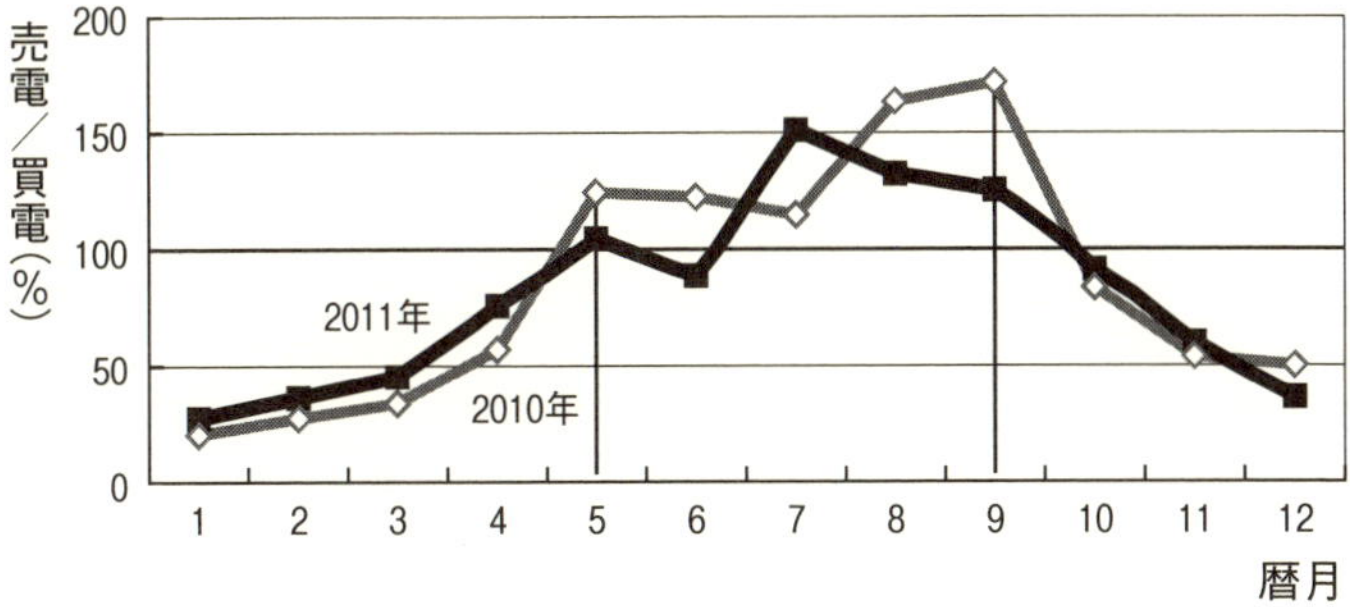

図表3　金額ベースの売電/買電（%）

だからわが家の光熱費はこれだけであり、かなり低い。

ここまでをまとめると、2と3のことから、わが家は地球環境の保全に貢献していることがわかる。4のことから、現在の家計の節約にもかなり貢献している。

5電力のピークカットへの貢献

上の図表3では月ごとの電力の売却料金と購入料金の比率を%で表した。縦軸の値が100%以上の場合は、電力の売却料金の方が購入料金より多いことになる。これは、光熱費を太陽光発電で賄い、余った分を東電に売っていることを意味する。

2010年、2011年5~9月には売却料金の方が多い。昼間は、余った電気を送電線へ送っている。従って、電力のピークカット（最大電力の削減）に貢献しているのである。

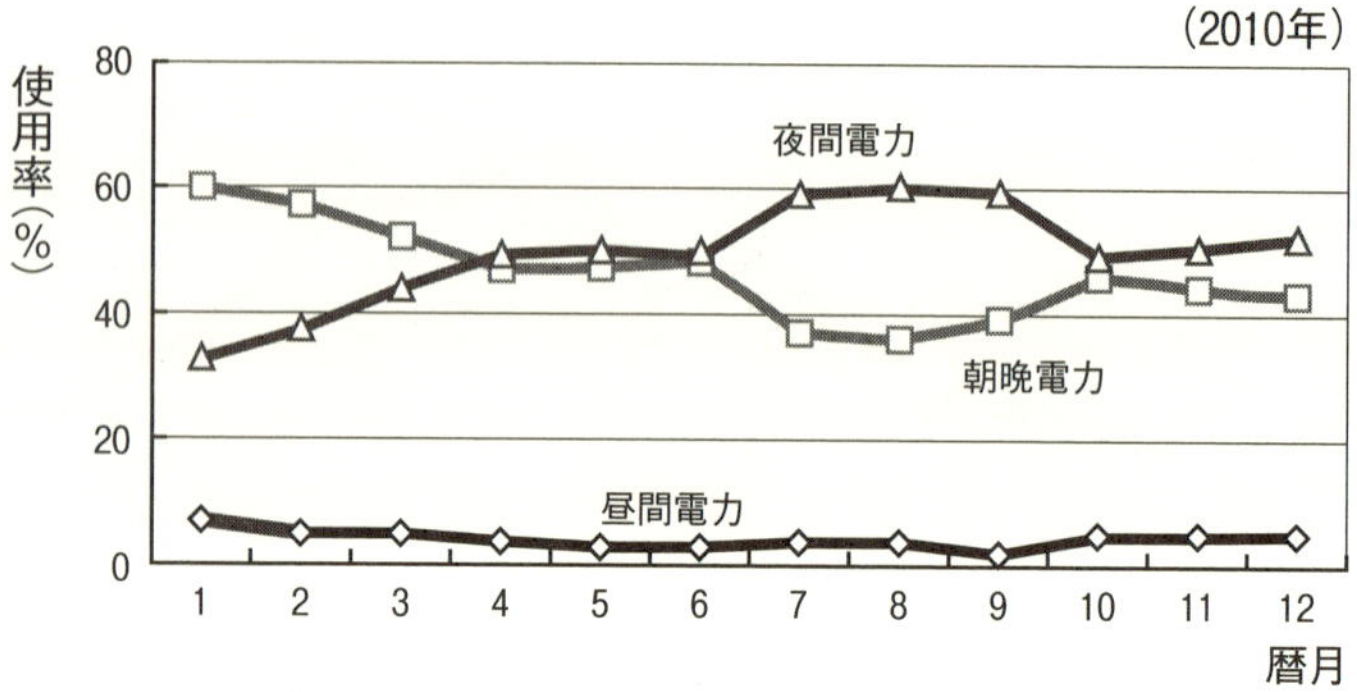

図表4　朝晩・昼間・夜間電力の使用率（%）

6 時間帯別の電力の使用比率

上の図表4は月ごとの時間帯別の電力の使用比率を示す。各月の三つの時間帯における使用率の合計は100%である。ここから、わが家の生活パターンの一端が分かる。

昼間の使用率は5%くらいだ。これは、主に冷蔵庫と昼食の調理で使う電力である。このことからも、昼から夕方にかけての電力のピークカットに貢献していることが分かる。

10～17時の昼間時間には、家電器具はできるだけ使わないようにしている。炊飯器や洗濯機はタイマーを使うなどして、夜間時間帯の7時くらいまでには使い終えるようにしている。掃除機は朝晩時間に使うことが多い。

日中は夏でもエアコンを使わない。日差しを避けるためのグリーンカーテンと日除けで暑さを凌いでいる。

7～9月には夜間電力の使用率が高い。夏の暑さで、睡眠中にエアコンをかけるからだ。わが家では、環境保全に気を配ったエコ生活をしているが、特別我慢しているわけではない。


この他の基本的な節電対策としては、次のことを実践している。

炊飯器の保温機能は使わない。乾燥機能がない洗濯機を使っている。電気ポットや食器洗い機は持っていない。照明の9割くらいはLED（発光ダイオード）電球に変えた。便座には便座シートを敷き、電気はつけっぱなしにしない。


以上、太陽光発電システムとオール電化システムを導入した生活でのデータをまとめた。二酸化炭素の削減や省エネルギー資源などの環境保全活動を実践していることを明らかにした。微々たるものであるが、電力のピークカットによる社会貢献もしている。

このことから、わが家では、太陽光発電システムとオール電化システムの導入によってエネルギー革命を起こしたと考えている。

東日本大震災と福島第1原発事故

東日本大震災に想う

平成23年3月11日14時46分に、三陸沖を震源とするマグニチュード9の地震が発生し、東北の太平洋沿岸は巨大津波に襲われた。地震発生41分後の15時27分には、福島県大熊町の福島第1原子力発電所に13メートルの津波が押し寄せて未曾有の原発事故が発生した。

東北地方での地震の震度は6弱～7だった。筆者は自宅で震度5弱の地震に遭った。これまで経験した地震では最も強いのではないかと感じた。物が落ちるなどの被害はなかった。

東日本大震災では、被災者によっては幾重にも被害を受けた。地震の被害は内陸まで広くあった。地震発生後に押し寄せた巨大津波は沿岸の43市町村が被害を受けた。そして、原発事故では福島県の大熊町と双葉町を中心として多くの町が被害を受けている。

巨大津波に襲われて水死した人は大震災で死んだ人の91％にも達するという。余震による地すべりで亡くなった人、避難所で亡くなった人もいる。1ヵ月半後の4月24日時点の死者、行方不明者は2万6466人、避難者は13万9935人にも上る。

避難者の中には原発事故がもたらした災害に見舞われている人々もいる。国や東京電力などの原発関係者は、計画時には今回の津波の規模は想定しなかったという。1000年に1度しか発生しない地震に相当するという貞観《じょうがん》地震（869年）を引合いにした学者の意見は無視され、安全神話を作ってしまったという。これではこの悲惨な原発事故は人災だとしか言いようがない。

放射性物質が放出されたので、原子炉に対症療法的な対処しかできない状態にある。自宅に戻る望みがない被災者の絶望感は計り知れない。

ほんの一例に過ぎないのだが、牛などの家畜を飼っている酪農家を見れば、餌を与えられない、これまで丹精をこめて育ててきた家畜を放置するしかない、といったことに想いを馳せるとやり切れない。

被災地へ支援に行くという人がいたので、支援物資と義援金を託した。この人たちは700キロの道のりを、4月17日19時に出て19日4時に帰ってきた。

前に支援に行った人の話も聞いた。テレビには映らない（映せない）現場がたくさんあるという。レスキュー隊員の話では、人の手がガレキの中に見えたので、ガレキをどけたら手だけだったという。避難所で、親の名前を書いたダンボールを持って、親を探している子どもがいたという。その子の絶望感に思いを馳せると、本当に心が痛い。

先日、平塚駅前で高校生が、親を亡くした子らを支援するための「あしなが育英会」の募金活動をしていた。当育英会では阪神・淡路大震災のときのように「東北レインボーハウス」の開設準備を始めたという。

筆者は後方支援しかできないが、できることはある、との想いにかられた。

福島原子力発電所

「藤田、おまえ、敦賀の原発へ行けよ」

「いやです」

「なんで？」

就職担当の教授との50年前のやりとりだ。

敦賀原子力発電所からの求人に、先生は私に白羽の矢を立ててくれた。

私が大学を卒業するとき、日本には商業用原発はなかった。１９６５年に、茨城県の東海村で、日本初の商業用原発の営業運転が始まった。

わが国は、広島と長崎で原爆の恐ろしさ、惨さを体験しているので、原発に対する拒否反応は非常に強かった。最初に原発の運転が開始されたとき、原発で発電した電気で灯る蛍光灯からは、光と一緒に放射能が出てくると恐れた人がいたという。これは原子爆弾も原子力発電も放射性物質のウランを使うということを知ったからである。

あれから約50年の２０１１年。わが国には17ヵ所に54基の原発が稼働している。

そして、福島第１原発４基の建屋に、巨大津波による海水が浸入して原発事故が起きた。

3ヵ月半経っても原子炉を直接的に制御できていない。

私は、大学で原子力の勉強もしていたので、ちゃんと建設して運転すれば恐ろしいものではないと理解していた。原爆は核分裂を起こすウランを97％という高濃度に濃縮してその周りを火薬で包む。火薬を爆発させると無制御に核分裂が進み、一気に連鎖反応が起きて爆発する。これが原爆である。これに対して、原発では5％のウラン（残りの95％は核分裂が起きないもの）を、制御しながら少しずつ核分裂させる。

2008年2月、東京電力が募集した福島の原発と火力発電所の見学会に参加した。見学会は、今回の原発事故による水素爆発で吹き飛んだ原子炉建屋のそばをバスで通り、同じ敷地内にある実物大の原発の模型などを展示するサービスホールを見学した。計器やスイッチが一面に設置された訓練施設も見た。

冒頭の、先生に薦められた原発への就職を断った理由は、このような計器いっぱいの中央操作室を当時知っていたからだ。こんな中で一日中、緊張して座っているのは性に合わないと思った。就職口にはまったく困らない時代でもあった。

見学会では、栽培漁業施設も見た。原発の温排水を利用して魚介類を飼育している。

福島原子力発電所は浜通りという福島県の海側にある。浜通りには、サケの簗場や海水浴場、海浜公園、そして美空ひばり記念碑のある塩屋崎灯台があり、風光明媚なところである。

第1原子力発電所には6基、第2には4基の原子炉がある。第2の少し南には広野火力発電所がある。ここには5基の火力発電機がある。4基は重油・原油が燃料である。1基は石炭火力発電機である。日本のエネルギーはほとんど輸入で賄なっているが、自給分も微量はある。福島県沖40キロの海底には天然ガスが埋蔵され、これを汲み上げて火力発電に利用していた。1984年から23年間利用したが2007年に枯渇した。

今は、この発電機のボイラーを石炭用に改造して発電している。石炭は輸入している。このときの一連の説明で、資源の枯渇を実感し、空恐ろしくなった。エネルギー資源の枯渇が現実になったとき、人類は……。

この夏（二〇一一年）は電力不足が確実で、産業、鉄道、自治体などで様々な節電対策が計画されている。一般市民にも深刻さが理解されている。取りあえず、7～9月の、1日のうちで使用電力が最大になる午後1～4時の節電対策をしっかりやる必要がある。

原発事故と節電

わが国は、福島第1原子力発電所で、人類史上初めての4基同時という原発事故に遭遇した。放射性物質を隔離できなくなったため、原発事故発生後2ヵ月半経過した今でも、原子炉に直接手を下せず、収束の見通しもつかない状態にある。

この原発事故によって、供給電力は大幅に低下している。そのため、夏（7～9月）の午後1～4時の電力不足が大きな課題になっている。猛暑日のこの時間帯に、電力不足を来すことは、昨年のデータから推計されている。

供給電力より消費電力の方が多くなると、供給元で電気が遮断される。停電だ。家庭の電源ブレーカー（回路遮断器）も同じ原理だ。多くの電気製品を同時に使い、電気が契約電力より過剰に流れた瞬間、ブレーカーが落ちて家庭内停電になる。

電気の品質（電圧と周波数）を安定して維持するため、電力会社は消費電力より多くの電力を供給する必要がある。この予備率の目安は8～10%である。

電力需給の逼迫が予想されるため、原発事故発生3日後の平成23年3月14日から計画停電が実施された。計画停電は送配電設備の保守点検のときや、電力の需要が供給量を上回ると予想されるときなどに、送電の停止を予告した上で停電にするものである。

東電管内では関東と山梨県、静岡県の1都8県を5グループに分け、数時間単位で計画停電が実施された。筆者が住む地域では、原発事故による大混乱中の17日（18時20分～21時10分）と18日（15時20分～18時10分）の2回実施された。

17日夜の停電のときは乾電池を電源とするLEDランプのライトで明かりを確保した。原発事故によるとはいえ、不謹慎だが、もの珍しさも加わったせいか、暗い中でも苦にならなかった。それにしても計画停電がたった2回で済んだとは何ということだろう。原発が止まって供給電力が大幅に不足するため、計画停電が何ヵ月も続くと心配した。節電によることもあるだろうが発電設備と燃料に余裕があったのだ。

東日本大震災と原発事故、そして計画停電を機にライフスタイルを見直そうという機運が高まっている。約1ヵ月後にせまった夏の電力不足を回避するため、いろいろ節電対策が講じられつつある。

政府は、企業と家庭のピーク時の消費電力を前年比15％削減するとの節電目標を決めた。電車や駅、店舗では照明が間引かれ、エスカレーターやエレベーターの一部の運転停止が目につくようになった。

自動車工業界では、木曜日と金曜日に全国の工場を休止し、電力需要が少ない土曜日と日曜日に操業する。夏休みを例年より2倍にする企業もある。海老名市では水曜日午後を閉庁し、電力需要の少ない土曜日午前中に開庁するという。

電力需要が多いときから少ないときに電力を使う（仕事をする）ようにすれば、昼間のピーク（最大）電力の消費を少なくすることができる。これは節電に有効な手段である。

筆者は、所属している会で、家庭での節電のために次の提案をしている。自分自身が数年前から実践している方法である。これは節電結果を見える形（数値）で表すものである。その方法は、電力会社から毎月届けられる〔電気ご使用量のお知らせ〕いう電気料金の請求書に記載されているデータを利用する。

請求書には前月の電気使用量（キロワット時）の総計が記載されている。ここには、昨年の同じ月の使用量も記載されている。昨年の使用量から今年の分を差し引いた値は、その月に節電した電気量である。

家庭で節電努力をするにあたって、特に注意しなければならないことがある。

去年の猛暑のときのエアコン使用抑制で問題になったのは、熱中症で犠牲になった高齢者がいたことである。高齢者などは無理にエアコンの使用を制限しなくてよい。

節電は、電力不足の解消に貢献するだけではない。節電によって、地球の温暖化の原因物質である二酸化炭素の排出量を減らし、石油などのエネルギー資源の節約にも貢献する。さらに、家計の節約や未来世代のための地球環境問題の緩和にも貢献する。

政府や筆者が提案している家庭での節電項目の概要を以下に示す。

①エアコンの冷房設定温度を26度から28度へ引き上げる
②照明器具やテレビ、冷蔵庫などの使用で節電の工夫をする
③洗濯機や食器洗い機は9～20時には使用を避ける
④ジャー炊飯器と電気ポットの保温機能は使わない
⑤すだれや緑のカーテンを使用する

家庭で消費する電力量で最も多いのはエアコンで全体の25%。次いで冷蔵庫(16%)と照明器具(16%)、そしてテレビ(10%)、この4家電で約7割を占める。

これまで漫然と電気を使っていたが、節電が当り前の生活にしたいものだ。

脱原発への道のり

水戸を過ぎて日立の少し手前から、海岸線に沿って低い山が連なっている。阿武隈高地だ。常磐道はこの高地の中腹より少し下を通っている。そして福島第1、第2原発の中間にある富岡町で終点になる。

前述したように2008年2月にこの福島第1原子力発電所を見学した。原子炉建屋のすぐそばをバスで通った。空色の外壁にはカモメが描かれていた。このあたりから見える海は青く、周辺もよく整備されていてさわやかだった。

帰途、常磐道を走り出してすぐ、稜線に鉄塔が建ち送電線が延々と繋がっているのに気づいた。関東平野に到達するまで約100キロ。首都圏への送電線であることを実感した。福島原子力発電所には10基の原子炉がある。日本原子力文化振興財団によると、1971〜1982年の発電開始以来1998年までに1兆キロワット時の電気を発電したという。この電気量を石油で発電したと仮定すると、容積120万立方メートルの東京ドーム200杯分という莫大な石油が必要になる。そして、石油を使わなかった分だけ、地球温暖化の原因である二酸化炭素の発生量を抑え、省資源にも貢献したことになる。

日本経済が飛躍的に成長したのは、1950年代〜1970年代である。その1970年代からは地球環境問題が大きく叫ばれるようになった。原発は石油を使わないので、環境問題を解決するためのエースとも言われた。日本は被爆国にもかかわらず、1950年代から「原子力の平和利用」をテコに原発の導入を進めてきた。

1965年に茨城県東海村で日本初の商業用原子炉が営業運転を開始した。1970年、大阪万博の開会式の日に敦賀原発1号機が営業運転を開始し、会場へ初送電された。開会式のときに「原子力の明かりがこの万博会場へ届いた」とアナウンスされたという。

2011年3月11日の、13メートルもの巨大津波災害によるとはいえ、こんなにあっけなく原発事故が起きるとは……。自然災害に対する危機意識の欠如による人災が加わった複合災害だと言われているが、まったくその通りだ。事故が起きて約4ヵ月。最悪の方向には進展しないにしても事故処理は収束せず、廃炉が完了するまでには約30年かかるという。

電化製品や車などあらゆるものは寿命が尽きて使えなくなり、処分するときがくる。原子炉も例外ではない。福島第1原発1号機は、40年以上運転されている。今回の原発事故がなくても廃炉にしなければならないことを、われわれは知るべきだ。

脱原発のために自然エネルギーを利用すべきだと聞く。当然だ。しかし、原発の廃炉は性急にはできないことも知るべきだ。われわれは電気がどのように利用され、今後どうするのかを、総合的に見通さなければならない。例えば社会活動で目につく、九州新幹線と東北新幹線がそれぞれ全線開通したばかりだ。東京と大阪間でリニアモーターカーを走らせることも決められている。電気自動車も増える。莫大な電力が必要だ。

原発事故以来、ほとんどの原発が停止し、代替の化石燃料の消費が増大している。電気料金の値上げが必然だ。将来の世代に配慮して電力を使う機運を盛り上げていくチャンスだ。日本の総発電量の30％は原発による。今夏には15％もの節電の実績を上げた。この努力は続けなければならない。現在の生活や社会を維持するために電力供給の急激な変更はできない。原発は安全評価（ストレステスト）で安全を確認して再開すべきである。

太陽から地球に1時間に届くエネルギー量は、人類が1年間に消費するエネルギーに相当する。ただし、エネルギー密度が低いので発電するにはそれなりの材料（資源）と面積が必要になる。自然エネルギーへの転換を図りつつ、まず脱原発依存に向かう。そして2、3世代をかけて脱原発を図る。

これはエネルギーの革命的転換である。地球環境問題の緩和にも格段に寄与する。

高度技術の神頼み

ハヤブサは鷹狩りで利用される。この鳥は飛んでいって、さっと獲物に襲いかかる。ハヤブサに因んで命名された小惑星探査機「はやぶさ」は、地球と太陽との距離の2倍もある小惑星・イトカワから、表面物質を採取してきた。通信が数週間途絶え、重大事故がいくつも発生して絶望視されたが、奇跡的に帰還した。

事業計画は１９８５年、打ち上げは２００３年、帰還は２０１０年で25年を要した。

このチームの一員から裏話を聞いた。

息も絶え絶えという状態で、地球に帰還するための最後の課題として、中和器が重要になった。チームリーダーは、岡山県の中和《ちゅうか》神社という道中安全の神を祀る神社を知って参拝に行った。そしてお札をはやぶさの管制室に祀って祈願したという。

四半世紀もこれに携わってきた彼らが、最後は神頼みにもなった気持ちはよく分かる。

日本には現在17ヵ所の原子力発電所があり、54基の原子炉がある。これらの原発では、核分裂物質のウランを3〜5％含む燃料棒を使用する（97〜95％は核分裂しない物質）。

ウランが核分裂すると高エネルギーが発生する。そして燃料棒が発熱して水が沸騰し、生じた高圧の水蒸気を発電機のタービン（羽根車）に当て、これを回転させて発電する。

ウランが核分裂するときに、核分裂しない物質の一部がプルトニウムに変わる。このプルトニウムは核分裂するので核燃料として使える。この方法では、核燃料が増殖する。高速増殖炉はこれを利用した原子炉である。

エネルギーを化石燃料（石油、石炭、天然ガス）から得ると、資源の枯渇と地球温暖化を引き起こす。したがって、高速増殖炉は「夢のエネルギー源」と考えられた。

高速増殖炉は、実験炉、原型炉、実証炉、実用炉と段階的に開発が進められるとされた。最初の原型炉は「もんじゅ」、2段階目は「ふげん」と命名された。「ふげん」には運転開始とともに決定的な問題があることが判明し、実用化が断念され廃炉作業中である。「ふげん」の次の実証炉には「しゃか」と命名することになっていたという。

これらの三つの高速増殖炉の名は釈迦三尊（釈迦如来、文殊菩薩、普賢菩薩）に因んでつけられたと、学生のときに教わった。

人類のために「祈りにも似た想い」でお釈迦様に因んだのだろうか。

これは潰えた。

新エネルギー政策の国民的議論への参加

孫たちと千葉の海水浴場へ行ってきた。

房総半島へは久里浜と浜金谷を結ぶ東京湾フェリーで渡った。東京湾と相模灘を結ぶ幅10キロ余の浦賀水道を35分で横断する。このフェリーからは、一列縦隊といっていいほどに混んだ貨物船が見えた。

ガスタンク4基を積んだ船が相模灘に向かっていた。輸入した液化天然ガス（LNG）を東京湾のどこかのタンクに移し、またガス田へ向かうのだろう。このLNGは燃料ガス、火力発電または石油化学製品（プラスチックなど）のどれに消費されるのだろうか。

*

東京電力福島第1原発事故によって甚大な被害を受け、これからも喪失感を抱いて、つらい思いが続く人たちはどのぐらいいるのだろうか。もう1年5ヵ月経った。もちろん、東日本大震災で地震・津波被害を受けた人たちもたくさんいる。

政府は、地球温暖化対策と両立する新エネルギー政策を策定するため、昨年（2011

（%）

項目		火力	再生可能エネルギー	原子力	温室効果ガス排出量
―	2010年実績	63	10	26	-0.3
①	ゼロシナリオ	65	35	0	-23
②	15シナリオ	55	30	15	-23
③	20〜25シナリオ	50	30〜25	20〜25	-25
―	現行エネルギー基本計画	35	20	45	-25

図表5　エネルギー構造の三つのシナリオ
（国家戦略室エネルギー・環境会議資料より）

年）６月に「エネルギー・環境会議」（議長：古川国家戦略担当大臣）を発足させた。

２０３０年代における総発電量に占める原発比率について、次の三つの選択肢（図表５）を示した。

①０％　（火力65％）
②15％　（〃　55％）
③20〜25％（〃　50％）

そして「国民的議論」として、次の三つの場を設け、ほぼ２ヵ月かけて実施した。

①意見聴取会
②討論型世論調査
③パブリックコメント（意見公募）

筆者は、意見聴取会（７月14日、さいたま市）とパブリックコメントに参加した。

意見聴取会では、枝野経済産業大臣の挨拶での次の言葉だけを述べておく。

「(今回の選択肢は) 将来の世代や国際社会にも大きな影響をおよぼす選択である」

以下は、パブリックコメントで述べた私の意見である。

インターネットの「内閣府共通意見登録システム」にアクセスして送付した文を次頁にそのまま掲載する。

記

「原発からグリーンへ」についてのエネルギー・
環境会議へのパブリックコメント

厚木市　藤田実

原発20〜25％シナリオを支持

意見の概要

（1）原発事故は人災と判明
（2）世界、国、個人の各レベルで環境に配慮した選択肢
（3）使用済み核燃料の課題は残る
（4）世界、将来の世代に思いをはせる

意見及びその理由

（1）事故は材料や技術が原因でなかった
原子力ムラなどの人的弊害は極めて大きな課題である
廃炉、巨大津波、活断層などは高をくくらない、先送りしない原発にする
（2）世界レベル
・温暖化、資源の枯渇以外にも、人口爆発が続いている
・昨年暮に70億人を超えた人口は８ヶ月余で５千万人も増えた
・化石燃料の需要が増えると共に、枯渇という究極の課題が厳然と存在する
・化石燃料を使い尽くすような行動は許されない
国レベル
・電気自動車、整備新幹線やリニア中央新幹線にも電力が必要
個人レベル
・子孫につなげられる生活スタイルの構築
（3）原子力建屋での一時保管から、専用の一時保管場所を構築して保管できないか
負の遺産を残すにしても、将来の世代が安心して管理できるものにする
そして原発ゼロの社会を構築して引き渡す
（4）脱原発は可能だが2030年代までという時間は、人類の営みからすれば短すぎる
かなり負担がかかる／失敗は出来ない

エコ活動

エコ生活の入り口

２００８年の夏、日本ではゲリラ豪雨（神戸の川では急増水により５人死亡）などの異常気象に見舞われた。５月にミャンマーを襲ったサイクロン・ナルギスでは、13万８００0人の死者、行方不明者が出た。９月上旬にはカリブ海諸国やアメリカ・ルイジアナ州を、ハリケーン・グスタフ、ハンナ、アイクが立て続けに襲った。グスタフでは、人口の９割にあたる１９０万人が避難した。その３年前のカトリーナでは死者千数百人、被害額は１～３兆円、ニューオーリンズでは市域の８割が浸水した。

地球温暖化の影響の一つである激しい気候変動は、国連が設置した約３０００人の専門家集団で構成されるＩＰＣＣによって明らかにされている。ＩＰＣＣは、異常気象のほかに多くの影響を明らかにしている。

２００７年の北海道洞爺湖サミットでは温暖化による人類の破局回避のために、２０５0年までの長期目標が話し合われた。今の小学生は43年後には初老の50歳前後だ。次の時代は若者が築くが、この子たちはその次と考えてよいだろう。この子たち、その先の子孫のためにも、何としてでも温暖化の進行を緩和しなければならない。

私たちの身近では、真夏日や熱帯夜が数年前から急増している。2012年の夏には竜巻や局地的な激しい土砂降りの雨による被害なども目立った。ほかに、温暖化の様々な影響が現れていることを、多くの市民が肌で感じるようになったのではないか。

温暖化の最大の原因は二酸化炭素の増加であり、これは天然ガスや石油、石炭などの燃焼で発生する。燃焼は調理や暖房、火力発電、車の走行には欠かせない現象である。私たちは便利な生活をし、結局は宇宙的現象ともいえる温暖化を進行させている。

この200年間に、地球の平均気温は0・7度上がったことが明らかになっている。この0・7度を人体の発熱で考えてみる。平熱の36度5分から0・7度上がった37度2分という微熱の状態は、だれでも理解できるだろう。

洞爺湖サミットでは、2050年までに平均気温を2度以内に収めることでまとまった。21世紀中の気温の上昇は、最低でも1・8度、最高で4度といわれる。40度5分の体温では……。

先達の経験から生れたとされる、マーフィーの法則という経験則がある（A・ブロック著『21世紀版マーフィーの法則』）。この法則は、「人が関わるところで、起こる可能性のあることは、いつか実際に起こる」「早かれ遅かれ最悪の事態は続けて発生する」など様々に表現される。地球温暖化にはマーフィーの法則が当てはまることはないと思いたいが、可能性を否定できない。

温暖化の防止に私たちはどうすればいいのか？　国などの大きなレベルでなく、市民レベルの活動はどうすればいいのか？

オフィスビルや商業施設など、市民が集まる場所や家庭での温暖化対策は一向に改善されていないことが明らかになっている。市民レベルのエコ活動（環境保全活動）が進まず、

①やらなければならないことは分かっているが
②どうしたらいいか分からない
③一人がやっても効果はほとんどない
④面倒だ
⑤無関心

という姿勢がうかがえる。

冬、降雪が少ないなどとのニュースが届く。しかし、これを聞いて温暖化が差し迫ったとは信じたくないという心理が働くのは分かる。市民レベルの温暖化防止活動をするにはは一つの道しかない。ノーベル賞受賞者のワンガリ・マータイ女史（故人）をはじめ、多くの人が、一人ひとりのエコ活動の重要性を強調している。環境教育に携わってきた筆者も同じだ。

市民のエコ活動の啓発を目的に、家庭あるいは一人暮らしでのエコ活動のきっかけ作りに次の方法を実践し、提案してきた。ほかの多くのところでも実践されている。

エコ活動実践者は、周囲の人に広げていくのにこの方法を利用するとよい。

家庭でのいわゆるエネルギーや資源の節約項目の例を左記に示す。

実践活動は、とりあえず1～2ヵ月続けることが肝心である。盛りだくさんにしないことは継続のため、そして実践しながら環境のことを考えるために必要である。

①必要でない電気器具のスイッチを切る

②だれも見ていないテレビは消す

③夜、団らんなどで家族が一緒に過ごす

④水道の水を出しっぱなしにしない
⑤シャワーを浴びる時間を1分くらい減らす
⑥トイレの水は大と小に気をつけて流す
⑦ごみが落ちていたらごみ箱に入れる
⑧食べ残しを減らす
⑨せっけんやシャンプーを使い過ぎない
⑩風呂から上がったらすぐふたをする
(ほかに挑戦したいことがあったら、この10項目の中から置き換える)

実践中は1週間に1回、5段階で自己評価して書きとめる。最後に実践結果を吟味する。こんな簡単な方法で果たして、と実効性を疑う人もいるだろうが、実践によってエコ活動に対して自己啓発意識が生まれる。そして、自発的にエコ生活を続けるようになる。

筆者は、市民を対象にしたエコ活動の講座を受け持ち、また市民団体に所属して小学生への環境学習支援を行っている。現役中には、大学生への環境教育にも携わった。現在、クール(ウォーム)ビズ、クールネッサンスあるいはキッズISOプログラムなど、市民あるいは子どもに向けて、日常生活でのエコ活動の呼びかけがなされている。

エコ生活の入り口として、学生に行った環境教育について述べる。平塚市が行っていた「ファミリー環境ＩＳＯ」を参考にした。「必要でない電気器具のスイッチを切る」など、１００以上のエコ活動項目から、10項目程度を選ばせる。これを講義期間中の３ヵ月間実践し、２週間ごとに５段階で自己評価させる。最後にレポートを提出させる。レポートに記述された、次に示す評価・感想から、学生たちに内発的動機づけがなされたことがうかがえる。

- これはよい企画だと思う
- 環境を見直す機会を与えられたことに感謝する
- 実践して考えが変わった
- 買い物はごみになるものは避けるようになった
- 実践することが地球環境を救うことだと分かった
- 一人暮らしに早く慣れた
- 環境対策は個人からが分かった。ごみ拾いも始めた
- 少し面倒だが、小さいことでも大切だ

小学生への環境学習支援でも、次のように内発的動機づけがなされたことがうかがえる。

・わたしたちが地球をこわしていることがよく分かりました
・地球おんだんかのことを考えるようになりました
・電気とかいっぱい使ってはいけないと分かりました

市民講座での体験者の声も紹介する。

・一人一人、一日一日の小さいことの実践で大きい力になることに気づいた
・温暖化が大変な問題だと分かった。これぐらいは大丈夫だろうという気持ちが問題であり、努力の積み重ねが必要だ
・生活ではエネルギーが必要。賢く生活していかなければ地球はもたない

参加したこれら3階層のいずれの人たちも、毎日の生活で環境保全活動をすることにより、その意義に気づく。そして、内発的動機づけによって自発的にエコ生活を続け、実践する環境項目を増やしていくようになる。

自然に接するなどの体験を含めて、いろいろな分野のどこから始めても内発的動機づけがなされると考える。まず、エコ生活の入り口に立って、参加することが肝心である。

ごみ拾いから見えてくること

(1) 隣の三尺

私は茨城県筑波郡(現つくば市)に疎開し、小学校卒業までいた。家の前の道路を竹ぼうきで掃くのが小学生の私の日課だった。よくおふくろからほめられた。「ミノルは掃くのが上手だね」「本当に助かるよ」「きれいになって気持ちいいね」。ほめることは子どもだけでなく、人を動かす極意である。

猫型ロボット・ドラえもんの声優で知られる大山のぶ代さんが、おばあちゃんから、「隣の三尺(表を掃くときは両隣の家の前も三尺分掃く)」という言葉を聞かされたという。私は五十代のときにこれを聞いたが、よくわかった。

「はしりはダメダメ、旬が一番」など、おばあちゃんの知恵袋には、ためになる言葉がたくさん入っている。最近、「もったいない」というおばあちゃんの知恵が庶民の環境問題への取り組みに欠かせないことが、ノーベル平和賞受賞者のワンガリ・マータイ女史(故人)によって世界に発信されている。

よく、市民団体や企業、自治体などによるクリーンアップ作戦として市民参加のごみ拾い活動が実施される。もう何年になるか分からないが、私もごみ拾いをしている。始めたのは確か公園や行楽地などからごみ箱が撤去されたころである。大量消費社会の負の側面として、様々なごみ問題が深刻な社会問題になったころで、ごみ箱は本来の目的とは違う身勝手な使われ方がされるようになった。公園のごみ箱に、あふれんばかりの家庭ごみが入れられ、周囲はかえってごみが散乱しているのが目に留まった。つい最近も、著名な寺院の境内で以前と変わらず、ごみかごの周囲に散乱しているごみを目撃した。

えらそうなことを言っても、いつも拾っているわけではない。近所の道路やハイキング・散歩コースなどで拾う。最近、街の中でごみ拾いをしている人を見かける。グループ行動をしているとき、さりげなくごみを拾う仲間がいる。釣りを始める前に周囲のごみ拾いをするという、釣り好き少年の新聞記事もあった。さわやかだ。

最近は、ごみのポイ捨てが前より少なくなったようだ。でも、なくなったわけではない。散歩コースで実にやり切れない気持ちになったことがある。犬のフンを回収したビニール袋が数個、藪の中にポイ捨てされていた。木の枝に引っかかっているのさえあった。ハイキングコースでは、二百数十段の階段を登りきったところの藪の中に、使用済みの生理用品が黒いごみ袋いっぱいつめられて放置されていた。

「手から離れたら、見えなくなったら、知らない」という感覚はまったくわからない。

(2) 覆面対決

ある温泉街の入り口に、次のような看板が温泉案内と並んで立てられている。

> もう止めて！　ポイ捨て、投げ捨て
> 自然はすぐには戻らない
>
> ロータリークラブ

このロータリークラブの悲鳴ともとれる文である。

ごみ拾いをするようになった当初は、家に帰ると妻に「モラルがまったくなってない」「これじゃ日本はダメになっちゃう」などと、しきりにぼやいたものだ。

現役のとき、パーク・アンド・ライド方式の通勤で、駅の近くの駐車場に車を置いて電車に乗った。その駐車場の道路側以外の三方は、夏、草がぼうぼうで、この中へのポイ捨てが多い。ごみが入った買物袋や飲料缶などのオンパレードだ。ある日見かねて、駅に向かう方の隅の目立つところにポイ捨てごみを置いた。帰りには駅から駐車場への道で拾ったごみをここに積み上げていく。結構溜まって目立つようになった。すると、そこに漫画や文庫本をポイ捨てする者が出てきた。

朝、駐車場に来るまでの車の中でおにぎりを食べてきたと思われるアルミ箔と、お茶の空き缶が入ったビニール袋もある。これが何個も溜まる。あるとき、怒り心頭に発して、中身を袋から出して仕分けし、ごみの山のはずれに置く。これを数日続けたところ、このビニール袋のポイ捨てがなくなる。ポイ捨て本人の目に留まり、やましい気持ちがあってやっていたのだと分かった。

次も見知らぬ「にっくき」ポイ捨て者との覆面対決である。

川沿いの散歩コースではポイ捨て空き缶に特徴がある。同じ銘柄の樽型のコーヒー飲料缶が放り投げられていた。それを1ヵ所に集めておく。1週間に1回くらいはビニール袋に入れて持ち帰る。そのうち、その缶を持っている男とすれ違う。こいつだと思った。向こうはこっちを知らない。次に行くと、同じ樽型の缶が捨てられている。同じように集めておいて持ち帰る。毎日このコースを歩くわけではないが、これを1ヵ月ぐらい続けただろうか。ポイ捨てがなくなった。

ここで分かった。ポイ捨てする者は自分のごみが1ヵ所に集まっていたり、なくなったりしていることに、そのうち気づく。そうなったことによって、だれかの存在に気づく。そして、まずいという心理が働いて、やめるのではないか——。こう推察するのだが……。

(3) ごみ拾い雑感

市の山岳会は、年齢層と目的によって四つのグループに分かれている。1月以外はそれぞれのグループで行動する。1月は大山に合同登山することになっている。平成20年1月13日の合同登山には六十数名が参加した。この登山では5～10名のグループごとに登山ルートを決め、ごみ拾いをしながら登る。頂上で全員が集まってのセレモニーが行われ、拾ったごみの量を見せ合う、というのもその一つである。

ある自然観察会の会長さんが、広報紙で「最近、意識が高くなってきたようで、山道に捨てられたごみを見かけることがほとんどありませんね」とおっしゃっていた。確かにポイ捨てごみは少し減ったが、拾う人が増えたことにもよるのではないか。街中でもごみ拾いをしている人を見かけるようになった。私がいつも行く山道では、毎回持ち帰るほどではないが、ポイ捨てはある。最近は、ところどころの木の根元などを拠点としてポイ捨てごみを置いておく。何回かやって溜まったら持ち帰る。あるとき、各拠点のごみを集めていったところ、頂上近くの木の根元に置いておいたごみがなくなっていた。だれかが拾ってここに置いたのだと気づいて、持ち帰ってくれる人が出てきた。ただその場所からごみがなくなったからという思い以上にすっきりした気分になった。

山道でポイ捨てされるごみで多いのは、たばこの吸殻、1個包みの飴や菓子の袋、そしてティッシュペーパーである。多くはないが、ペットボトルや飲料缶、レジ袋などもある。ポイ捨てされたティッシュペーパーは最終的には腐るが不衛生で、見た目も悪い。飴や菓子の袋はプラスチックだから腐らない。

たばこは、タバコの葉、フィルターと巻紙から成っている。このうちタバコの葉は植物だから普通に腐る。紙は木の繊維だから少し腐りにくい。やっかいなのは、フィルターで、プラスチック（セルロース系）なので腐らない。歩きながら路面を観察すると、1センチぐらいの綿のようなふわっとした白っぽい塊を見かける。これはポイ捨てされたたばこがほぐれ、タバコの葉や紙が雨で流され、フィルターが残ったものである。

たまに、かなり前に埋まったと思われるビニールが地面から出ているのを見かけることがあるが、これはプラスチックが腐らない証拠である。ほぐれたフィルターがどうなるかは追跡できないが、路上に捨てられたものは雨水で下水処理場や川に運ばれる。川に流されたものはほかのごみとともに海に行きつくのであろう。海岸の漂着ごみは路上から川へ、そして海へと流れていったものだろう。

（4）清掃ボランティアをする人々

「おはようございます」

「山ですか」

「富士山に登ります」

「私はヒマラヤに6回行きました。ヒマラヤに行く前はトレーニングのために富士山に登りました。今、79歳です。ガンの手術をしてからは山に登っていません」

「そうですか……」

信号が青になったので、彼と私は向こうへ渡った。

「がんばってください」

「ありがとうございます」

彼は、片手に2枚のビニール袋を持ち、火ばさみでポイ捨てされたたばこの吸殻を拾った。もう一方の袋にはペットボトルなど、大き目のごみが入っていた。ビルの角をうつむき加減に曲がっていった。

そして富士登山――。山頂でご来光を拝んでからは、余裕が出てきた。ツアーのお鉢（噴火口）巡りには参加しなかったので2時間くらい自由時間があった。頂上の高くなったごつごつとしたところへ行って、下界やお鉢の中などの写真を撮った。山小屋ものぞいて回った。

はずれの方に行くと20人くらいのグループが、何やら表彰をしているようだ。ごみが入ったプラスチック袋が足元に置かれていた。富士山でごみ拾いをし、そのセレモニーをしているのだろうと思い、後ろにいる人に小声で、「どちらの方々ですか」と尋ねると、「JTです」との返事。

「たばこのフィルターはプラスチックなんですってね」と尋ねると、近くの人が答えた。

「アセテート（プラスチックの一種）と聞いてます」

「プラスチックだから、たばこのフィルターは腐らないですよね」と聞くと、「腐るようなフィルターを研究していると聞いてます」と、答えた。

「そうですか。ありがとうございます」と、そこを離れた。


草木がほとんどない九十九折の下山道では、太陽にぎらぎらと照りつけられてバテた。高木帯に入って5合目とほぼ同じ高さまで下山し、あとは平坦な道を歩くことになる。しばらく歩くと、5合目近辺を散策している人たちで混んできた。

このような人込みの中で、3人の若者がごみ袋を持って恥ずかしそうに、軍手をはめた手でごみ拾いをしていた。私は高校生がボランティアごみ拾いをしていると思い、声をかけた。

「ご苦労さんです。あなたたちのホームページがあったらアドレスを教えていただけませんか？　あとで見たいので」と言うと、とある大手通信会社を名乗った。

「頂上でＪＴの人たちがごみ拾いをしていましたよ」と言うと、「富士山ビジターセンターの一斉ごみ拾い活動に、会社で参加しているんです。この軍手はＪＴが提供してくれたものなんです」と言った。

さらに行くと、ごみ拾いをしている女性のグループにも会った。

富士登山から帰った次の日の朝刊に「清掃ボランティアの人を見習う」という見出しの投書があった。投稿者の家の前のポイ捨てごみが最近少なくなったと思っていたら、黄色いジャケット姿の男性が数人でごみ拾いをしていたというものである。投稿者は翌日から自宅前の歩道のごみ拾いを始めたという。

市は「ゴミ出しパンフレット」で、２００６年度のごみのリサイクル率が県下19市中最下位だと打明けた。遅きに失した感は否めないが、２００９年10月19日に「目指せ！ ミッション35！」とのスローガンをかかげて、ごみの資源化率35％を目指した活動を始めた。大きな改善点は、プラマーク表示されたプラスチック包装容器を資源としてリサイクルすることである。これまでは燃えるごみとして焼却していた。資源の浪費と温暖化の原因である二酸化炭素をむだに排出していた。

プラスチックごみの資源化

プラスチックを分別するようになってから、わが家で出るその嵩の多さに驚いた。プラスチック入れが、日ごとみるみる膨らんでいくのである。ごみ出しパンフレットでは、「プラマークが表示されているプラスチックを出すときは汚れを落としてください。マヨネーズ、納豆などの容器は、固形物などの汚れを落としてください」と書かれている。

あつぎ地域ＳＮＳ（ソーシャル・ネットワーク・サービス）の有志が、この説明はあいまいだということで、市役所・資源対策課に聞きに行った。そして、「汚れを落とすというのはどの程度か」という質問に対する回答をＳＮＳに載せてくれた。「納豆や弁当のパック、食品トレーなどは洗剤や流水で洗う必要はない。水滴が落ちない程度、しずくがたれない程度、固形物が入っていない程度でよい」と、これまた歯切れがよくない。有志たちは、さらに回収されたプラスチックがどのように処理されるかを見学してSNSに載せてくれた。

プラスチックは製鉄所で有効利用される。プラスチックを分解する炉で、空気がない状態で1200度に加熱される。空気がないので燃えることはなく、蒸し焼きの状態で分解され、気体と液体、固体として分離される。気体は燃料として、液体は石油と同じ油分として有効利用される。固体はコークスであり、溶鉱炉に投入して製鉄に利用される。

製鉄の原料は鉄鉱石、石灰石、そしてコークスである。溶鉱炉からは鉄とスラグ（残滓）といわれるカスが分離して出てくる。これ以外に、鉄鉱石中の鉄と結びついている酸素はコークス（炭素）と反応して二酸化炭素ガスが排出される。

プラスチックに食べ物や紙などが少しぐらい付着していても、灰になってコークスに混ざり、最終的にはスラグに混入するので製鉄には問題ない。

以上から、厚木市の今回の活動では、住民は神経質になる必要はなく、あまりひどい状態のまま出さないように分別すればよい、ということであろう。

地球温暖化への適応策 ——りんごの転作

春の晴れた日の午後、草取りをしていた。「ピンポーン」とドアフォンが鳴った。門のところのドアフォンから、「はーい」という妻の返事が、生垣をはさんだこちら側に聞こえた。そして、このドアフォンに話しかける男性の声が直接聞こえた。

妻が門へ出ていった。新聞購読料の集金人だった。購読料の支払い後のその青年と妻との会話が、聞くとはなしに聞こえてきた。福島、りんご、ぶどうなどの話をしているようだ。

後に、その青年との話の内容を聞いた。彼は会津若松市のりんご栽培農家の息子で、農大の一年生である。最近、りんごの花の咲く時期が10日くらい早くなり、実のつき具合に望ましくない変化が見られるようになったらしい。将来、りんごからぶどうの栽培に転作しようかと考え、大学で勉強しているという。

ぶどうが出荷できるほどの実が生るようになるまで何年かかるのだろうか。大変な意思決定をしなければならないことは察しがつく。青年は、新聞配達をしながら、このような大きい目的をもって勉学に励んでいる。

この話を裏付けるテレビ番組があった。

近年、りんご、みかん、ぶどうなどの果物のでき具合に変化が見られるという。2009年の平均気温は平年より1度高く、みかんは豊作である。春の気温上昇の早期化、秋の気温降下の遅れ傾向によって、みかんは、玉の大きさがばらつき、糖度が高くて酸味が少なくなり、腐りやすいなどの問題が出ているとのこと。ぶどうの巨峰は、黒に近い紫色が本来の色なのに、充分に色づかない。農家は、部分的に赤みがかり、商品としての価値が損なわれることを心配している。洋ナシは通常の2倍の、特大サイズになるのもあるという。

気候変動に関する政府間パネル（IPCC）によると、地球温暖化への対策には二つの方向がある。

第一は温暖化防止策である。もう一つは温暖化によって生じる悪影響への適応策である。防止策は二酸化炭素を始めとする温暖化ガスの発生抑制である。適応策は、水資源や農業、沿岸域開発、防災、健康、産業など多くの分野で必要とされる。

新聞配達の青年が考え、手を打とうとしていることは正しいと思う。童顔のこの大学1年生の将来、りんごの転作の見通しがつくよう祈りたい。

便利さが当り前の世の中

電池式の音波アシスト歯ブラシを数ヵ月前から使っている。ブラシに携帯電話にあるような微振動が付加され、みがき機能が強化されている。確かに、歯周病予防などに効くだろう。

近ごろは、「便利な世の中になったもんだ」という、世の中の変化に驚きと賞賛の気持ちを含む言葉は聞かなくなった。このような機能強化された歯ブラシが世に出ても、ほとんど目につかない、便利さが当り前の世の中なのだ。

縦軸を「便利さ」、横軸を「年の経過」という尺度で描いたグラフを思い浮かべてみよう。

戦後しばらくは便利さ（縦軸）はかなり低いところで推移した。1960年代からの高度経済成長期の便利さの変化は急激な右肩上がりだった。1990年代ころからはこれをあまり感じなくなった。便利さが高止まりしたように推移しているのである。

高度経済成長期、東海道新幹線の開業（1964年）を始めとする巨大事業の実施は目ざましかった。東京オリンピックなどの巨大イベントも目白押しであった。新幹線の開業直前に、東海道本線の在来特急で大阪へ行ったことがある。たしか8時間くらいかかったと思う。ところが東京オリンピックのころから、新幹線で半分の4時間で行けるようになった。その当時は「便利な世の中……」という言葉がしきりに使われた。

5年前、定年退職直前に家を建て替えた。若いときに建てた家では資金の関係で諦めたところがあったが、今度はいろいろ注文した。まず、ソーラー発電設備を導入した。光熱設備はオール電化、水まわり設備はエコキュート（自然冷媒ヒートポンプ給湯機）にした。台所では火は使わない。加熱調理台の下には電子レンジが組み込まれている。コンロは電熱だがニクロム線での加熱ではなく、炊飯器と同じように電磁誘導という物理現象を利用する。鉄なべの底を直接発熱させる方式だ。

風呂のお湯はエコキュートで沸かす。運転効率がよく、しかも安い深夜電力を利用するので、給湯代はガスに比べて8分の1～5分の1である。ひと昔前にはガスを使わない生活を考えたことはなかった。

入居当初は「すごく便利な世の中……」と思ったが、今は慣れてしまった。

わが家の情報革命

テレビを液晶に買い換えた。ブラウン管テレビの画面の右上に出ていた「アナログ」の文字は消えた。これで２０１１年７月４日正午に切り替わる地上デジタル放送の視聴準備ができた。

そもそも、アナログ電波をデジタル電波に換える理由など分からなくても一向に差し支えないのだが、要点は二つある。まず、テレビでは高画質、高音質になる。もう一つは、電波の利用率を３分の２にできるので、余った電波をほかの必要とする分野、例えば携帯電話などに振り分けられる。

ブルーレイ録画再生機のついた40インチテレビが10万円台半ばであった。数年前には３倍くらいしたと思うが、ずいぶん安くなったものだ。奥行きはブラウン管テレビとは比べものにならないくらいに薄い。映りもよい。消費電力はほぼ半分。ブルーレイ・ディスクに録画できる時間はＤＶＤの約５倍。リモコンのボタンがかなり増え、多くの機能が付加されていることが分かる。目立った新しい機能は、地上デジタル放送のほかに、ＢＳなどの衛星放送を見ることができる。また、パソコンを接続してインターネットも利用できる。

買い換えたのは、価格の2割がエコポイントとして還元される期間中である。エコポイントでいろいろな商品や商品券と交換できる。知人はビール券と交換したという。

私は躊躇なく、寿命がかなり長いLED（発光ダイオード）電球と交換した。1個4000円くらいで値が張るものだ。これまで使用してきたクリプトン電球の消費電力は57ワット、LEDは6ワットでかなり少ない。12個の電球を換えたので、600ワット余の節電ができる。わが家の最大電力量の10％に相当する。照明だけでこれだけの節電ができる。二酸化炭素排出量の削減とエネルギー資源、家計の節約にも貢献する。

妻には、BS放送の番組も見たいと言われていた。近所にはパラボラアンテナをつけている家が結構ある。そこでテレビの買い替えのついでに、電気工事店に頼もうということになった。まさに、このときにNTTから勧誘があった。テレビを光ケーブルに繋げば地上デジタル放送とBS放送が見られるという。数年前からパソコンを光ケーブルに繋いで、インターネットを利用している。BS放送はパラボラアンテナで受信するものとばかり思い込んでいた。光ケーブルを利用すれば共同アンテナは必要ない。紙一重で、パラボラアンテナをつけずに済んだ。

パソコン専用の終端装置もパソコンとテレビが共用できる装置に換えた。この装置によって光電話も使えることが分かった。ここに来て一気に、テレビ、パソコン、電話が光ケーブルで繋がった。これはまさに、わが家の「情報革命」である。インターネットは、情報収集や発信に、そして生活の場でも利用する。航空券の予約とチェックインがパソコンでできる。プリントアウトした航空券と搭乗券を持って、空港の手荷物優先カウンターへ行って荷物を預け、直接保安検査場へ行けばよい。チェックインカウンターに並ばずにすむ。

電話番号は光になっても変わらない。光電話の市内通話料は加入電話の94%。市外通話料は10~20%、国際電話は15~30%だ。光電話の唯一の難点は、停電時には不通になることだ。

後日談がある。まず、共同テレビアンテナの引込み線は外してもらった。また、これまでの電話回線は外さないでそのままにしておくという、「利用休止」通知が届いた。何かの都合が発生したら、これで加入電話に復帰できる。

定年後の生き方

定年後の二人三脚

富士山周辺には見所が山ほどある。

平成19年3月に始まった、アウトドア教養講座「ぐるっと富士山」は、この6月に4回目を迎えた。その日の天候にふさわしいテーマと行き先が決められ、それはバスが動いてから明らかにされる、ミステリーツアーだ。

初回には、白糸の滝、田貫湖、朝霧高原へ行き、富士山を文字通りぐるっと回った。一日中快晴で、紺碧の空に映える真っ白な富士山を堪能した。この日のテーマは風景・景色。ほかに花、歴史・旧跡、自然・環境などのテーマがある。どのテーマにも散策があり、ベテランガイドの解説もあって一味違う講座である。

定年退職して新しい人生を歩み1年3ヵ月になる。ようやく落着いた気持ちが持てるようになった昨今である。「ぐるっと富士山」はこのような気持ちで行きついた楽しみの一つだ。

定年をひかえた前の年、5年用の日記帳を買った。定年前の身辺の整理などで結構書くことがあった。

退職当初は、連日やることもなく、張りのない生活だった。曜日感覚もなくなり、気持ちがかなり萎えた。妻もうんざりしていたようだ。

「これでは……」と思い、外に出るようにした。散策・ハイキング、庭の手入れなど、好きなことをこれまで以上にやった。ハイキングクラブやボランティア活動などにも参加した。おかげで、1日6行の日記帳も日々埋まり、萎えた心も次第に解消してきた。現在は2年目の枠（2段目）を書いている。前の年にあったことを見ながら書くので、それなりにおもしろい。今年はスズムシの羽化が数日早かった。

八ヶ岳南麓に、武田信玄の知恵が光るとされる「三分一湧水」という日本名水百選の一つがある。水争いが激しい時代に、農業用水を三つの村に均等に配分するため、湧水出口の分水桝に三角石柱を築き、湧水を3方向に分岐させたという伝説が残っている。これは、水を分かち合ってきた人間の知恵のシンボルでもあるといわれている。

「三分法」とは大・中・小や天・地・人のように、区分する対象を三つの枝（肢）に分けていく区分の仕方である（広辞苑）。三脚、三権、三尊など「三」がつく言葉には安定や円満などが感じられる。「三方良し」という近江商人の心得もある。

定年後、あれこれと生きていくうち、あるとき、「あれ、これって二人三脚の生き方じゃないのか」と思った。

私は、週2、3回は外出するようになった。妻は、前からサークル活動などで外出している。このように互いにやりたいことをやるのが夫婦円満の秘訣のような気がしてきた。

1週間を三分し、その一つは夫婦一緒でよし、残りの二つをそれぞれがやりたいことをやって、適当な距離を置くというもの。これが私たちがたどりついた定年後の夫と妻の関係のコツである。

二人二脚や二人四脚では不安定この上もないと思うのだが、言い過ぎか……。

老人のひがみ

富士山西方の長者ヶ岳に登るルートは、東海自然歩道の一部である。ふもとの田貫湖からほとんど直線の登山道で、階段が長く続くところがあったりして、結構きつい。もう頂上というところで、あとに続いてきた二人づれの山ガールに声をかけられた。

「お元気ですね」

「ええ、毎日歩いてます」

「おいくつですか」

「想像におまかせします」

このように声をかけられたのは初めてだ。そして、おもしろくない心持ちになった自分に驚いた。ちょっと間を置いて、私が年相応に見えるのだと納得。

サイクリング中に高校生の自転車に追越されることがある。山でハイカーに抜かれることもある。60歳前後あたりで、このようなことに遭遇して老化を思い知った。

アンチエイジング（antiaging）は、老化の進みを遅らせようという考え方である。老化についての予防や医療、医薬品、そしてライフスタイルまで関係する。

これに対して、ウイズ・エイジング（with aging）という考え方。これは「老化に寄り添う」という意味で、高齢医学が専門の杏林大学の鳥羽研二教授が提唱している。老化をむやみに嫌ったり落胆したりせず、かといって背も向けない。そして年齢に合った人生を楽しもうというものである。最近、ピンピンコロリという言葉を聞くが、これに近い考え方だろう。プロスキーヤーで登山家の三浦雄一郎氏は年相応のトレーニングに励んで70歳、そして75歳でエベレストに登り、80歳となる今も次の挑戦に向かって、ウイズ・エイジングを体現しているという。

定年退職したときに互朗会（老人会）に誘われ、年相応に、とすなおに入れてもらった。みなさんに見える老化があるのは当然だが、実に居心地がいいのに気づいた。質素で、しかも内面的な豊かさを感じさせる人たちなのだ。

東洋的考え方だともいわれるウイズ・エイジングの方が、私には合っている。

市の援助を受けた、バスのシルバーパス（1回乗車１００円）を利用している。定年退職した年は利用させてもらっていたが、しっくりしなかった。2年目は正規料金で乗った。その後は、これを利用させてもらっている。ウイズ・エイジングの気持ちに至ったのである。今はバスを降りるときに「ありがとうございました」と言うことにしている。

山歩き三昧

定年後、山歩きに目覚める人が結構いるようだ。65歳の定年後に目覚めた女性が、81歳の今もそれなりの山へ登っているという。

私もこの部類に属する。定年当初、あり余る時間に戸惑った。自然に接することで安らぎを得て目覚めたというわけだ。幸い体力もそう落ちてはいなかった。

今では山遊会（山岳クラブ）と町内のハイキングクラブに所属している。さらに旅行社の山行ツアーの会員でもある。1年前までは教養講座を売りにしたＮＰＯの旅行クラブにもいた。これらとは別に、すぐ近くのそれほど高くない山にしょっちゅう登る。

各クラブの山行には、それぞれに特徴があっておもしろい。

まず、山遊会は神奈川県山岳連盟の所属クラブで、保険が付加された会員証が発行される。乗り物での移動を除く歩行時間は、最長でも6時間までと決められている。これは、ほぼ神奈川県とその周辺の山に限られ、あまり無理な山行ではないことを意味する。リーダーは山をよく知っており、行動計画はしっかりしている。私がこの会を気に入っているのは、夕方6時ぐらいまでに出発駅に帰ってくることだ。帰着してからは自由だが、いつも反省会と称する飲み会がある。適度に疲れたあとにみんなと交わす生ビールが堪らない魅力だ。

町内会のクラブも元気な人が多い。いつかは出発駅まで帰ってきても歩き足りず、駅から自分たちの町まで約8キロ歩いた。このクラブは喫茶店に寄ることが多い。

旅行社の山行ツアーは登山口近くまで専用バスで行く。公共交通の便がなく、個人では普段行けないところが多い。バスだから、山遊会で行く山よりはちょっと遠くになる。山岳ガイドが添乗し、登山道もよく整備されている初心者向きのコースの山行である。この山行ツアーの特徴は昼食つきで、必ず日帰り温泉に立ち寄ることである。風呂あがりの「缶ビール1本!」は堪らない。

山遊会では、希望者を募って番外編の山行をすることがある。2011年6月には丹沢を縦走した。渋沢駅からバスで登山口の大倉まで行き、丹沢山の山小屋に1泊した。途中、深緑の斜面のあちこちに咲く、人より少し高い赤紫のミツバツツジと白いシロヤシオツツジをバチバチとデジカメに収めた。これらの花は少し盛りを過ぎていたが、幸いなことに今年は数年に一度の当たり年だという。

山行ではこのようにすばらしい花や樹木そして絶景に出合う。

軽めのハイキング

「ずーっと向こうに白い煙突が２本見えるでしょう」

と指さしながら、仲間に。

「えー」

「その間のちょっと向こうに、小さい二つのビルがありますね」

「えー」

「（スカイツリーは）右側のビルの向こうに見えます」

「あー、見える、見える」

小鳶《ことんび》頂上にある高さ20メートルくらいの展望台の上での会話。

10月下旬の空気が澄み切った快晴の日で、東京スカイツリー（高さ６３４メートル、２００８年７月着工、２０１２年５月22日開業）がこれまでになくよく見える。

展望台からは、新宿や横浜の高層ビル、相模湾とともに房総半島や江ノ島、湘南平など、さらに大山、秩父連山なども眺められ、視界は３６０度。

「地球が丸いということが分かる眺めね」と誰かが。

鳶尾山《とびおさん》（大鳶《おおとんび》）に連れてって、と頼まれ二つ返事で承知した。鳶尾山にはしょっちゅう登っていて私の裏山みたいなもの。

鳶尾団地のバスターミナルで10時半に待ち合わせた。明るい色のハイキング支度の女性3人との軽めのハイキングだ。

登山口からは、いきなり二百数十段の階段があるので、登る意欲をそがれないように「上を見ないでゆっくり登るように」と注意。

途中、なんだかんだ話をしながら歩き、小一時間で鳶尾山の広い山頂に着いた。

1列に並べられている丸太に座って、小鳶の展望台とその向こうの相模湾を眺めながら昼食をとり始める。すると、隣の丸太に3、4人の女性ハイカーが来て同じように店開きした。ほかにも2、3組のハイカーがいた。

次の日、あつぎ地域SNSに「鳶尾山に登ってきました」との投稿があった。そこで「昨日、私も仲間と4人で登りましたよ」とコメントを送信すると、「あのとき隣にいたパーティーだったかもしれませんね」との返信があった。あのハイカーたちは、私たちを認識していたことが分かり、インターネットでは、こんな出会いもあるんだと感じ入った。

吉田の火祭り

富士山の閉山を告げる伝統行事「吉田の火祭り」を見物してきた。勝手が分からないので、人ごみでごった返すこのようなところへは、わざわざ出かける気にはならないのだが、一度は見たいと思っていたので、バスツアーに参加した。

この祭りは富士浅間神社・諏訪神社の鎮火祭で、日本三奇祭の一つといわれる。木花咲《このはなさく》耶姫《やひめ》が、火に包まれた産室で子を産んだという神話に基づいている。

午後4時ごろ富士吉田駅に着いた。1キロくらいの大通りの歩道には、わら縄で竹の子形に結い上げられた直径90センチ、高さ3メートルの大松明《たいまつ》が横たえられている。うっそうとした杉林の中の参道を通って神社に案内された。8時50分の集合時刻の厳守を念押しされて4時間の自由行動になる。

本殿で神事が行われ、富士山の形をした真っ赤な御影と大神輿が、見物人でいっぱいの境内にかつぎ出された。火祭りなので激しくねり歩くのかと思いきや、松明が焚かれる大通りへ静かに移動していった。

七十数本の松明が焚かれる通りのほぼ中ほどにある御旅所《おたびじょ》に、神輿と御影が奉安された。

それから、松明は数人がかりで通りの中央に立てられた。

明るさが残る6時過ぎ、松明に火が入れられ、ちょろちょろと燃え出す。氏子の家の前に組まれた井桁《いげた》の松明にも火が入れられる。少し前までは、神輿と御影が見物の中心であったが、あちこちの松明の火が次第に強くなると、人々が動き出して雑踏になる。揺らぐ松明の火で街中が火の海と化し、荘厳な雰囲気が醸し出されている。400年続くこの火祭りでは、火事が出たことは一度もないという。

通りの両側は屋台でいっぱいだ。こぶし大のジャガバターを買う。松明の火を眺めながら頬張り、人ごみに溶け込んでぶらつく。御旅所の向かいの広場にも多くの見物人がいる。富士山火焔太鼓の勇壮な演奏を、地ビールを飲みながら楽しんだ。車で千葉の野田から一人で来た、83歳の男性と隣り合わせになった。彼は、このあと、次の朝のダイヤモンド富士を撮影しに田貫湖へ向かうという。

祭りは二日間続き、二日目は「すすき祭り」といい、神輿と御影が神社に帰る。

このバスツアーはNPO法人が実施し、自己責任が厳しく求められる。妻がはぐれてしまった男性はバスに乗らなかった。前にも同じような例があって、そのときはタクシーで帰り、3万円くらいかかったらしい。

自然観察会

「あっ！　潜った」とだれかが言った。

「あれはカイツブリです」と、即座にガイドのS氏がおっしゃった。

ゴールデンウイークが終わったある日の、荻野川（厚木市）での野鳥観察会の一コマだ。8時半に荻野運動公園を出発した。氏の解説は分かりやすく、小雨降る荻野川の自然を楽しんだ。氏は鳥にくわしく、オオタカの保護に努力なさっている。

コースは弁天橋と広町公園との間で、このあたりは「厚木荻野の里」といわれている。

カイツブリはハトくらいの大きさの、羽が茶色の水鳥で、どんな水辺でも繁殖するという。S氏は対岸の葦の生え際に浮かんでいる巣の上にもいると指さした。背景の葦に溶け込んでしまってなかなか見つからなかったが、ちょっと動きがあったので分かった。これまでも、近づくと潜って逃げ、10メートルくらい先に現れるおもしろい習性があるのを見て、何という名前の鳥だろうかと思っていた。

銅座橋近くの取水堰の真ん中でカワウが羽を広げていた。「羽を広げているのは、雌にアピールしているのか、縄張りを主張しているのか、あるいは羽を乾かしているのかは分かりません」とのこと。「カワウとウミウの違いは……」の説明は、略したのではなく、残念ながら筆者の頭に残っていないため。

荻野川右岸で運動公園下のところにある、高さ15メートルくらいのユリノキ（百合の樹）の花が満開だった。その花はチューリップのような形と大きさで「チューリップ・ツリー」とも呼ばれるそうだ。黄緑の花びらの中央が明るいだいだい色のあざやかな花だ。自然観察では、鳥や草木などの名前や生態などを知ると、なぜか途端におもしろくなる。荻野川の今回のコースは自然が豊富であることと教えてくれた。

定年後、いろいろな自然観察会に参加している。荻野の里の観察では植物会もある。夏の観察会では、南伊豆の先端まで日帰りで行った。種子島で採取した種から芽生えて最北記録になっているマングローブを見に行くのに誘われた。タコの足のように伸びた根を持つマングローブとは、熱帯や亜熱帯の河口など、満潮になると海水が満ちてくるところに生えている木の総称である。

この会の人たちは自然保護の役目も担っており、豊富な知識を持っている。目に入るいろいろな草木の話を聞いて、「へー！　そうなのか」と感心したり納得したりで、知的好奇心が満たされた1日だった。

バス旅行と台風

平成24年6月19日、和歌山県南部に6月としては8年ぶりの台風が上陸した。

この日はしあわせクラブの上期研修親睦旅行の1日目で、行き先は奥飛騨温泉郷の新平湯温泉。この台風4号の上陸は17時過ぎとの予報だ。観光バスに乗る8時半ころには、曇り空だが台風の気配はなかった。相模湖インターへは珍しくスイスイと快調に走り、長野方面へ向かった。道中、台風による風雨には見舞われなかった。松本インターを出て飛騨高山を結ぶ平湯街道（158号線）を走った。乗鞍高原と穂高岳を分ける安房《あぼう》峠の手前で、上高地の方に曲がった。

上高地は雨模様だが、梓川にかかる河童橋を渡って、明神池の途中まで散策した。まだ観光時期の初めなのか、あるいは台風の影響なのか、人が少なかった。橋からは上の方には雲がかかっている穂高連峰が見え、カール（氷河の浸食でできたくぼ地）には残雪があり、すがすがしい眺めだ。前に来たときは人でごった返していた。河童橋での私の写真に写っている二人の少女のうちの一人の顔は今でも忘れない。そんな人並はずれてというほどではないのだが、不思議だ。

平湯街道まで戻って安房峠を越え、新平湯温泉の宿には16時ころに着いた。露天風呂に入ると、ここの温泉は飲めることが分かった。金気の味がしてまずい。効き目があるのだと思って飲み込んだ。

夕食会場は、掘り炬燵式の席で座り心地がよい。最初に、今回の参加者は106名と告げられた。酒と美味しい料理、そして仲間との談笑で時が経つのを忘れた。

翌日、目が覚めて外を見ると台風一過の晴天だ。200〜300メートル向こうの小高い山では、枝打ちされた真っ直ぐな杉がみずみずしい。その先の谷間には雲がかかり、ゆっくり流れている。

日本百名道の乗鞍スカイラインは台風の被害で不通だという。そこで落差64メートルの平湯大滝に寄ってから、安曇野の大王わさび農場へ回った。二つの川が合流するところにある広大なわさび田を、澄んだ水がチョロチョロ流れている。遠くには残雪の山々、川には水車がかけられ、実に心が和む光景だ。

安曇野は上高地から下った田園地帯が広がったところにある。このあたりに来て初めて見た光景がある。バスからは稲の生育が勢いづき始めている田んぼに混じって、麦色の畑が点在しているのが見える。文字通り、麦畑であるが、田んぼと麦畑が隣り合わせになっている。この地方では、田植えが終わって一息つくと麦刈りの時期になる。

帰宅後、関東では台風の被害がひどかったことに驚いた。長野では乗鞍のような高所では被害があったものの、私たちが行った方面は台風がなかったと思えるぐらいに弱いものだった。


今回の台風4号の進路はおかしい。本州を縦断する本格的な台風シーズンの進路のようだ。6月ごろの台風はフィリピンや台湾を抜けて大陸に進む。そして、7~9月にかけて日本海から本州の方へと進路が変わる。

天気図を見ると、台風は左回り（反時計方向）に渦巻いて大気が吹き込むことが分かる。そして、台風の進路の右方向からの風雨が強いのである。渦巻く大気の速度に台風の進行速度が加わるからだ。

台風4号は本州の太平洋に近い内陸を縦断したので、太平洋側の地域は風雨がひどかったのだ。長野は台風4号の進路の左側だった。

今回のバス旅行は、強い台風から逃れる形になった。私にとっては、台風現象の一端を実感する旅行で、好奇心がくすぐられるような体験をした。

学園祭の見学

互朗会（老人会）活動の一環に、社会見学がある。

前の年には山梨の葛野《かづの》川揚水式発電所を見学した。

今回の見学先は、厚木市の神奈川工科大学（略称　神工大またはＫＡＩＴ）だ。市民が大学を見学するのにふさわしい行事は学園祭である。学園祭は学生が主体の行事で、日ごろの研究や活動の成果をアピールするために、趣向を凝らした研究室紹介や催しがある。だから子どもを連れて行くと喜ぶ。神工大では今年は「第36回幾徳祭２０１１」が開催された。

私たちは午後1時30分にいつもの集合場所で待ち合わせた。おだやかな陽気のもと、11人が集まった。雑談をして親交を温めながら歩いていった。神工大近くになると、丹沢の大山がよく見える田園風景が広がる。神工大までは約30分。校門まで行くと、すでに祭りで賑わっていた。

まずＫＡＩＴ房という総ガラス張りの、自然光を取り入れた平屋の建物に入った。建物は周囲の木の影に入り、外が透き通して見える。ここに作業台やいろいろな工作機械が据えつけられている。この工房は、わが町出身の新進の建築家石上純也氏の設計によるもの。石上氏は「人間だけではなく、地球全体も考えて、柔軟に建築を捉えなければ」という建築観を持ち、これを織り込んだＫＡＩＴ工房の設計で日本建築学会賞を受賞したとのこと。学生は工作機械などを自由に使えるようである。ものづくりに重点を置く工科大学にふさわしい設備であると大いに納得した。

太陽電池の電気で走る、一人乗りのソーラー・カーも展示されていた。ラリー（長距離レース）にも参加して活躍しているとのことだ。

流体工学研究室の展示では学生による実験と、分かりやすい説明に感心した。質問をして学生との交流が大いに盛り上がり、楽しんだ。

外に出ると、舞台がしつらえられたところに子どもたちが集まって賑やかだった。どうやらビンゴゲームが佳境に入っているようだ。

さわやかな午後のひと時であった。

ミカンの剪定実習

曽我丘陵は、国府津から松田にかけて北西に延びている。西側にはほぼ平行にＪＲ御殿場線が走っている。

12月初旬、国府津駅から曽我梅林の近くを通って、御殿場線の下曽我駅までウォーキングを楽しんだ。国府津駅から5分くらいで丘陵の登り口に着く。少し行くと町とともに広い風景が現れる。すぐ下にはお寺の本堂と墓が、ずっと遠くには金時山などの箱根外輪山が、その先には雪化粧した富士山が見える。紺碧の空に冴え渡っている。

コースの両側にはミカンがたわわに実り、ちょうど収穫の最盛期である。このあたりのミカンは南の地方のものより少し酸味があって味が濃く、カナダ人に好まれるらしい。そのため、クリスマスのころにカナダへ輸出されるという。

収穫して軽トラックに積んでいる農家の人に声をかけたら、数人の仲間に、ソフトボールほどの巨大なミカンをくれた。食べてみるとわが家のミカンと同じような味だった。

また、かんきつ類は暖地性の木であり、東京より北の地方では酸味が強いので果実として食べるより、観賞用として栽培されることが多いらしい。

わが家のミカンの木は樹齢30年くらいだろうか。毎年、この曽我丘陵のようにたくさん生る。ところが、平成23年のミカンの生り具合はさっぱりだった。どうしたのだろうかと思っていたら、タイミングよく市内の果樹公園で、剪定実習の募集があった。

目的は市民の実習を兼ねて公園の果樹の剪定を行うことであろうか。講師は東京農業大学の先生で、花の受粉を「エッチする」などとおもしろおかしく説明しながら指導してくれた。参加者の中に20人くらいの若い男女がいたが、しばらくして大学生だと分かった。学生にとっては授業の一環で、実習時間のようだ。若い人たちと話をしながらの共同作業は楽しかった。

果樹は、柿、かんきつ類、栗の3種類。まず、剪定の一般的な説明があった。剪定時期は12月〜2月が適期。中まで日が当たるように茂らせ過ぎないことが肝要だ。

そして次のことを考えて、短枝を多くすると、実つきがよくなるという。

・花芽は前年、前々年の枝の基部に近いところから伸びる短い枝につく

・前年、前々年の長く伸びた枝には花芽はつかないので基部を少し残して切る

わが家のミカンの生り具合が悪いのは、茂り過ぎと枝の伸び過ぎであることが分かった。教えてもらったように剪定したので、ミカンの花が咲くころが楽しみだ。

孫たちのこと

孫語録

歯の治療が終わった直後、彩香が「先生！　ここも痛いの」と歯医者に手をさし出した。指にとげが刺さっていた。ピンセットで抜いてくれた。そして消毒もしておきました、とおっしゃった。とげ抜き代が治療費に含まれていたかどうかは定かでない。

私には孫が4人いる。上から春香、彩香、健太、祐介である。小学4年、3年、1年で、1番下は2歳半だ。

春香は幼稚園児のころ、一家でドライブしていたときに、後ろの席で突然言い出した。

「これは本物、これも本物、……、これはうそもの」

何かを品定めしていた。いたずらしたときに、「うそついちゃダメ！　本当のことを言いなさい」と叱られたことがあった。本当の反対はうそ。理にかなっている。

最近、太陽エネルギーを利用する製品についての講演会で、春香のエピソードをほうふつとさせる場面に出合った。演者がその製品の特徴を解説し、まず利点を挙げた。

「この製品のよい点は太陽エネルギーを取り込むので電気代がいらないことです。悪い点は夜と雨や曇りのときには使えないことです」

とっさに、春香のことが頭をよぎった。講演が終わってから、その方に名刺をいただき、後日メールを送った。それは、「よい点と悪い点でいいのですが、悪い点というのを困る点としたらいかがでしょうか」というもの。「目から鱗が落ちた思いです」との返信メールをいただいた。

最近、妻が携帯電話を持った。彩香がこれを知ったとき、「おばあちゃん、使い過ぎないでね」と言った。これにはわけがある。ある日、パパとママが喧嘩した。その原因は携帯電話の使い過ぎによるものとのこと。彩香はその場にいたので悲しい思いをしつつ、喧嘩の理由が分かった。よって、携帯電話→使い過ぎ→夫婦喧嘩という図式。

彩香の言葉がなければ、私と妻にいさかいがあったかもしれない。

私は、放送や新聞などでいろいろな場所の紹介や話題があると、すぐ地図を広げる。健太が幼稚園に通っていたころ、「おじいちゃん、その迷路どこで買ったの」と聞いてきた。私は「しだり」という気持ちになった。彼の頭にはまだ地図という言葉がなく、迷路ということになったのだ。最近、迷路絵本というのがよく売れているらしい。

みんなこのようにして言葉を習得し、成長していく。

祐介が「おじいちゃん、何で……なの？」としつこく聞いてくるのを楽しみにしている。

孫たちが生きていくには

十余年前、ウィーンの若者の間で、次のようなジョークがはやったという（『世界』1996年12月号）。当時は環境問題、とりわけごみ問題が深刻だった。

地球が他の惑星と出会ったとき、惑星が「顔色が悪いけど、どうしたの？」って聞くので、「実は人間どものおかげでね」と答えた。すると惑星が「心配しなさんなって、あんなのはすぐ消えていくよ」と言った。

2006年度に、家庭やオフィスから出された生ごみや紙などの一般廃棄物の排出量は6年連続で減少し、バブル経済崩壊前並みになったという（毎日新聞　2008年年6月4日付）。ただ排出量は一人当たり毎日1・1キログラムで、この量は深刻なごみ問題があった当時とほとんど変わらない。改善に寄与したのは集団回収などによるリサイクル率の飛躍的な向上で、過去最高の20％にもなったという。ごみ問題が深刻だった当時のドイツでは0・9キログラムだった。私たちはごみ出し量をドイツ並みにすれば、さらに20％ダウンで40％の減量ができる。

2008年7月7日~9日に「北海道洞爺湖サミット」が開催される。地球温暖化問題が最大の課題である。福田総理は、地球の平均気温の上昇を2度以内に抑えるために、2050年までに世界の二酸化炭素排出量を半分にすることを提案する。この案によると、日本は60~80%減らすことになる。20~40%の二酸化炭素排出量で生活していく。石油、電気、ガスはどれも二酸化炭素を排出する。

NPO法人京都エネルギー・環境研究協会の新宮秀夫氏は次のように言っている。

「『炭酸ガスは困る、原子炉も怖い、環境は大切だ、景気はよくないと大変だ』と漠然と不安に思いつつ、われわれは安楽に暮らしています。でも心の底では、『こんなに贅沢してバチが当たらないのかしら』と感じている人も多いのではないでしょうか」

今、10歳の小学生は、42年後の2050年には52歳である。今の大人の多くは温暖化などを他人事のように思っているのではないか。でも、この子たちは生きていく。この42年の間にこの子たちはどうしたらいいのか。さらにその子ども、孫はと考えると、今のような私たちのライフスタイル（生活様式）が罪のようにさえ思えてくる。

後世《ごせ》を知らざる人を愚者とす　蓮如上人

ソーラークッカーを作ろう

「おじいちゃん、ラジオの差し込みを抜いてなかったよ」

小学生の孫娘に言われてしまった。いつの間にかこんなことにも気づくようになった。思いあたることはある。私は、市民レベルの環境保全活動の会の一員である。この会では年に2、3回環境保全についての行事を行う。孫娘二人をこれに連れていくことにしている。差し込みの件はこの成果ともとれる。

私たちの会では、小学生を対象にした環境学習の支援活動を行っている。神奈川県の学校派遣事業のメンバーに加わり、私たちの環境学習支援の内容を公表する。希望する学校があれば出向く。平成19年度は4校で実施した。私たちを受け入れてくれた理由として、①社会科の「住みよい暮らしを作る」に関連　②総合的な学習の時間で活用　③クラブ活動が挙げられた。

私たちのこの年のテーマは「ソーラークッカーを作ろう」というものである。ソーラークッカーは太陽熱を利用する調理器で、金属製のものが実用化されている。パラボラアンテナのような形で、表面で太陽の光が反射し中央に集まる。ここに水を入れた黒いやかんを置いておくと30分くらいでお湯が沸く。

この環境学習では、太陽エネルギーを利用することを学ぶとともに、地球温暖化のことを理解してもらおうという狙いがある。

この授業では児童一人ひとりがボール紙製のソーラークッカーを作る。アルミ箔を貼った台紙の裏側に描かれた部品をはさみで切り取り、組み立てると、直径約40センチのソーラークッカーができる。茶筒大の黒い金属の器に生卵を入れ、これをソーラークッカーにセットして、太陽に向けて置いておく。約1時間でゆで卵ができる。

……という寸法だが、なかなかうまくいかない。ある学校では途中でうす曇りになってしまった。またある児童は太陽の方にちゃんと向けなかったなどの失敗もあった。充分な時間がないせいもあって、温かいが生卵のままであったり、半熟卵だったりする。

先生からいただいた児童の感想によると、ゆで卵はできなかったけどおもしろかったというのが多かった。これは、ソーラークッカーを作るという「ものづくり」と、自分で作ったものの働きを確かめるということがセットになって、おもしろいと思うのだろう。さらに、太陽エネルギーのことが分かったことにもよると思われる。自分のソーラークッカーを使って、家でもう一度やってみるという児童が多かった。

2歳違いの孫たち

「ナーンチャッテ！　バカは見る！　バカは見る！」

みんな5歳の祐介のダマシに引っかかった。

みんなで海水浴場の波打ち際で、キャーキャー言いながら水遊びをしていた。

「ほら！　あそこに大きい魚がいるよ」

と、祐介。みんな見た。そして冒頭の言葉が飛び出した。

海水浴場へ行く車の中で、

「あっ！　あそこに怪獣がいる」

と、彩香が言った。

「どこ？」

と、祐介。そして「ナーンチャッテ！」と彩香にからかわれた。

その後、祐介は何回も引っかけようとしたが、おばあさんにしか効かなかった。

夏休みの宿題をやっているはずの健太が、突然、居間のテレビの横に隠れて、

「もういいよ」

と、言っている。春香と彩香、祐介3人のかくれんぼに加わってしまった。

またある日、健太と祐介は、お昼ご飯を食べてからプラネタリウムに連れて行ってもらうことになっていた。しかし健太は宿題が終わらないので、ママに置いていかれてしまった。

「やることをやれば、いっぱい遊べるのに。明日、おじいちゃんが連れて行ってやるから」

と、あきらめさせた。次の日、いつの間にか漫画に夢中になっている。また連れて行ってもらえなかった。三日目にやっと念願がかなった。

10歳の彩香は、少し前までは、今8歳半の健太のように落ちつきがなかった。10歳になってから、12歳の春香を追うように急に背丈が伸びてきた。春香は、思春期の入り口にいるのだろう。今夏はビニールプールには入らなかった。羞恥心をうかがわせるようになった。彩香と蹴り合いのけんかを始めたので止めに入ったら、「触らないで」と言われてしまった。

今は4人の孫をじっくり観察できる。娘と息子を育てているときには見えなかった子どもの成長過程が見えてくる。2年前には落ちつきがない彩香を心配したものだ。年齢によって共通の特徴が現れ、このようにして成長していくようだ。

祐介 画

やって来た反抗期

「コラッ！　じゃんけんで負けたんだから、（風呂に）早く入れ！」と私。

正月、孫4人が来た。追いかけっこ、かくれんぼを散々やったあとで、静かになったと思ったら今度はゲームをやっている。風呂が沸いたので、入るように何回か促した。4人とも言うことを聞く様子がない。そこでじゃんけんで負けた子から入るということにした。しかし負けたのに、中学1年の春香は動く様子がない。ゲームをやっている。何回か入るようにと言ってから、冒頭のカミナリを落とした。

すると、「このうちにいるといらいらする。うちへ帰る」と立ち上がった。

バッグを肩にかけ、帰る気配だ。

「もう8時過ぎているし、バスもないから帰れないよ。風呂に入んなよ」

「歩いて帰る。前に（徒歩で30～40分を）歩いて帰ったことがある」

機嫌は直りそうもないので、心配だが、「それじゃ、自転車はライトがつくから、自転車で帰ったら」と言ったが、キレたまま出ていった。

「彩香、見てきて」と小学6年の彩香をやった。

どのくらい経ってからだろうか。30〜40分くらいか。彩香と一緒に帰ってきた様子。春香が私の部屋のドアを少し開け、「ごめんなさい」ということで決着がついた。あとで彩香に、どうだったのかを聞いた。出ていってから、近くのコンビニのところで、ママに迎えに来るようにと電話をかけたところ、来てくれた。そして事情を聞かれ、お前が悪いと言われたようだ。

というわけで、春香はみんなのところに帰ってきた。

孫娘そらやって来た反抗期　フーさん

〔以下、「ナショナル ジオグラフィック」２０１１年10月号からの抜粋〕

気まぐれで衝動的、平気で危ないことをする。ティーンエージャーの行動は、はるか昔から親たちを悩ませてきた。だが、進化の目で見れば、未熟に思える言動も将来、充実した人生を送るために欠かせないことのようだ。

雑感

無言館

ある講演会で、演者が「今日12月8日が何の日か、知っている人は手を挙げてくださいませんか」と問いかけてきた。突然の質問のためか、３００人は入るという会場で挙がった手はパラパラだった。太平洋戦争開戦の前年に生まれた私は、戦争のつらい体験は一切記憶にない。戦争を知らない世代の走りだと思っている。

渋沢丘陵西側の頭高山《ずっこうやま》は、渋沢駅と新松田駅のほぼ中間にあるが、ハイキングコースへは渋沢駅から行く。標高３０８メートルの頂上の手前に「祈りの丘」という、手入れがいきとどいたこぢんまりした草原がある。ここに、合掌した手だけの、高さ1メートルくらいの慰霊碑がある。その両側には36名の戦死者の氏名が彫られた御影石が建っている。氏名の上には陸軍か海軍かの所属が、下には戦死したときの年齢が彫られている。このようなところでは必ず、やり切れなくなる。18歳での戦死者が二人、19歳が一人いる。二十代が23人、三十代が6人もいる。四十代は3人。人口もそう多くないと推測できるこの地区の若者や働き盛りの男たちがこんなにも徴兵され、戦死した。

長野県上田市の塩田平と呼ばれる丘陵地の頂に、浅間山を背景にして、中世のヨーロッパの僧院を思わせる「無言館」がある。ここには太平洋戦争で戦死した画学生三十余名の三百余点の遺作、遺品が展示されている。学生だから、やはり二十代の人たちであろう。ここは照明が暗く、入館者がいるのに静寂であり、無言館という名そのものである。出征直前に描いたと思われる家族や裸婦の作品も何点かあった。画学生だけでなく、描かれた家族や恋人などのいいようのない思いが伝わってくる。

最前線で戦う兵士には、このような一生の中で最も強健で柔軟、敏速な若者が徴用されることはよく分かる。一生の中で死から一番遠いこの人たちが死ぬ。戦う相手も同じだ。これも当然だが、戦争では民間人をも殺す。これから頼りになるという思いでいた家族に想いを馳せると、実にやりきれなくなる。

戦争には、資源の浪費と環境破壊という側面もある。見え隠れする資源の枯渇、常態化してしまったと思える地球温暖化、戦争の原因あるいは結果としての貧困、難民など多くの問題が残る。

外来語の氾濫に思う

（一）専門用語

平成21年4月、メキシコで多くの人が免疫を持たない新型インフルエンザ（豚インフルエンザ）が発生した。これは、弱毒性だが感染力は強いらしく、日本では5月9日に最初の感染者が出た。関西で広がり、20日には首都圏でも感染者が出た。

世界での新型インフルエンザ情報は即座に報道される。そのためか、市民の不安は大きくならないようだ。しかし、「恐れ過ぎず、侮らず」という姿勢が重要だという。

今回の報道でも気になるのは外来専門用語の使用だ。

この新型インフルエンザについて、

「現在の警戒度は、パンデミック直前のフェーズ5であるが、フェーズ6に引き上げるかどうかを検討中」

という報道があった。

疫学の専門家や政府当局者同士ではこの外来語で通じるだろうが、多くの市民には通じない。これは市民一人ひとりの健康・生命に関わる問題なのである。どうして専門家は自分の使う外来語が、門外漢である一般市民に伝わるかどうか、と想いを馳せないのだろうか。情報を伝えるメディアの責任も大きい。

パンデミック（pandemic）の意味は「[感染症の]世界的大流行」、フェーズ（phase [feiz]）は「段階ないし局面」を意味する。

「現在の警戒度は、世界的大流行直前の第5段階であるが、第6段階に引き上げるかどうかを検討中」

の方がはるかに多くの人に浸透するのではないか。

今回の速い展開という事態から、外来語の使われ始めやそのゆくえの状況がよく見えてくる。ある分野の研究や仕事では専門用語が使われるのは当然である。関係者は、社会に情報を発信するとき、専門用語が通じるかどうかを考慮せず、外来専門用語の読みを片仮名表記で使い始める。あるいは専門用語の意味を1、2回は翻訳して、解説する。聞いた人は分かったつもりだが記憶に残らない。日本語ではないので未消化であり、次に聞いても意味を忘れている。しかも聞き返すこともしないで済ましてしまう。専門家はすでに説明してあると思っているし、メディアも使っている。通じていないとは思いもよらない。

このようにして外来専門用語の片仮名表記がひとり歩きする。一般市民は理解しないままになり、無関心を招くことさえある。外来語の多用は日本語の衰退にもつながるといっていい。

(二) 裁判員制度

無作為に選ばれた国民6人が参加する裁判員裁判が平成21年8月に始まった。この制度が定着するには、もちろん多岐にわたる課題があるだろう。まずは難解な法律用語はやさしい日常語に言い換えられ、弁論は「です・ます」調で行われるという。つまり、従来なら「規範意識」と言うところは「法律や決まりを守ろうという気持ち」と言い換えられる。裁判に国民が参加するには、司法の専門家が暮らしに根ざす、生きた言葉を繰り込めるかどうかにかかるという。裁判員に選ばれた国民は、他人の将来に関わる決断をしなければならない。一般的な素養（ふだんの練習や訓練によって身につけた教養・技術）の範囲で判断しなければならないのだから、司法の専門家が日常の言葉を使うのは当然である。

知識を基盤とする現在の社会で、いろいろなこと、ものが日常生活の中に入り込んできている。これに付随して、意思疎通に影響することさえある片仮名外来語が氾濫している。

だから、外来語を生半可に分かったつもりでいるとしか思えない誤用を見かける。

政府高官が「世界的なパンデミック」と言っていた。パンデミックだけで「［感染症の］世界的大流行」という意味がある。町中では、レンタルが賃貸という意味なのに「貸レンタルボックス」という看板があった。

総理の不用意な発言に、「オウンゴール」だけは避けてもらいたいと言った人が、ほかの人から「オウン何とかは意味が分からん」と言われたという。これはサッカーなどの用語で、「誤って味方のゴールにボールを入れて、相手に得点を与えてしまうこと」をいう。興味がないスポーツなら外来語が分からないのでチンプンカンプンだろう。

新聞などの活字では重要な内容でなければ、片仮名語の意味を辞典で調べることもせず、読み飛ばしてしまう。最近言われる分断社会という言葉を思い浮かべてしまう。

小学2年の孫は、月刊の学習雑誌を講読している。机の近くに付録の「漢字ポスター」が貼ってある。

漢字は「書きじゅんの まき」、「読みと いみの まき」、「文の 中で つかうの まき」の3段階で学習するようだ。このようにして段階的に一語一語日本語を学習している。

教育の目的は、精神的に自立し、常識を持った大人として生きていく力を養うことにある。成長して自分で生活していくには、社会を見ていく必要がある。このときに、「政権公約」なら意味が分かるように学習してきたのに、「マニフェスト」という外来語が使われる。

このような外来語の使用状況を、裁判員制度が実施された今、考える必要がある。

(三)団体追い抜き

バンクーバー冬季五輪が2010年2月12日〜28日に開催された。

今回の日本勢では、メダル獲得圏内にいる選手が出場するフィギュア・スケートとカーリングが目を引いた。しかし、スピードスケートの団体追い抜き(別名チームパシュート)では女子が銀メダルを獲得して、一躍有名になった。

この競技の形態は、チームを構成する3人が一緒に滑り、3番目の選手のブレード(刃状部)の1番後ろがゴールした時点のタイムを競う。

2チームによる勝ち抜き戦で、前回のトリノ五輪から正式競技に採用された。

筆者は、競技名の片仮名表記が気になる。

二つの競技名の使用頻度をインターネット検索すると、競技期間中の2月20日には、

団体追い抜きが9万4000件
チームパシュートが2万4000件

とあった。前者が4倍も多く使われていた。
五輪の話題がほとんどなくなった5月10日時点のインターネットでの使用頻度は、

団体追い抜きが50万3000件
チームパシュートが85万5000件

と、逆転して1・7倍になっている。

野球（ベースボール）、サッカー（蹴球）あるいはテニス（庭球）のように、競技名はいずれどちらかに定着する。「名は体を表す」という。競技形態から、誰かが翻訳してくれた「団体追い抜き」の方がよく分かる。日本スケート連盟ではチームパシュートを使っている。このため片仮名表記が定着する方向に向かっているのだろう。

パシュートは英単語の pursuit（追跡、続行）を片仮名読みにしたもので、英語を知らなければ通じない。選手を始め関係者、今回の競技を見て興味をもった人には片仮名表記でもよいだろう。しかし、そうではない多数の人やこれから初めて競技を見る人に与える「パシュート」の印象はかなり弱いだろう。

スポーツは多くの人が親しむものである。オリンピックなどに出場するには、多くの人に知られ、競技人口や応援人口も増える必要があろう。「団体追い抜き」という日本語で競技形態が分かるような国語教育を受けてきているのである。そのためにも、日本語名で呼ぶべきであると思うのだが。

携帯電話利用の課題

帰宅途中のバスターミナルでのこと。

バスを待っている10人くらいの人の列を見たとき、異様な感じがした。みんなバスが着く方に向いて並び、かなりの人が携帯電話（ケータイ）を同じように見ているのである。とっさに、これは「人間の習性*」ではないかと思った。というのも、新聞の投稿欄で、次のようなタイトルの意見を読んでいたからである。「電車内で言葉を交わさない母子」「ケータイ、ゲームばかりの車内に驚き」というものである。前者もケータイとゲームのことである。後者では、40人くらいの乗客のうち約30人がケータイを見ているかゲームをしているという。この似たような行動は、ケータイによって顕在化した人間の習性ではないのか。次に述べることもこれと関係すると思う。

ほんのこの10年くらいで、人類は情報伝達機能に優れた、文明の利器といえるケータイをだれでも利用できるようになった。われわれはこの利器を使いこなせないでいると思う。というのも、電車などの公共の場でのケータイの使い方に問題がある。

それぞれがケータイやゲームに夢中になってしまって、言葉を交わしたコミュニケーション、他者への気くばりや周囲の状況把握などをしなくなっている。

ケータイの情報伝達媒体は電波である。電源を入れておくだけで常に弱い電波が出ている。一方、体にペースメーカーを埋め込んでいる人は、この機械で心臓が正常に鼓動するようにされている。ケータイが電波を送受信するときに、ペースメーカーの信号を乱れさせる可能性がある。このために電車やバスの優先席や病院の待合室ではケータイの使用を遠慮するようにとされている。

車の運転中や航空機内での使用は法律で禁止されている。

携帯電話の電車内での使用を社会的に認めた理由をはっきり覚えている。これを日本民営鉄道協会が発表した。それは、「携帯電話がこれだけ普及したのだから、いつまでも禁止するというのは現実的ではない」というのである。そのかわり、「ペースメーカーを装着している人のためには、優先席では電源を切るようにお願いする」というものだ。

ペースメーカーから25センチくらい離せば影響ないとの実験結果が発表された。だから優先席ではケータイの電源を切れば大丈夫と発想したのである。これは間違いだ。物理的には安全だと言われても、装着している人にとっては、いつペースを乱されるか分からないという心配あるいは恐怖にかられるだろう。

そこまで想いを馳せるのが、成熟社会に生きる者の心のあり様ではないのか。

電車で、「毎度のお願いですが、優先席では電源をお切りください」と車内放送があった。「ご理解とご協力を……」などはどこ吹く風で、優先席で六十代と思われる男性がケータイを見ている。電話をしている老女もいた。すいている電車でだが、電話中の袈裟を着た僧侶も目撃した。周囲にペースメーカーを装着している人がいるかもしれない、との気遣いがない。自分あるいは身内がペースメーカーを使うようになるかもしれない、との発想にもいたらない。少し前には、同じようにしている若者が非難されたのだが。

夜道でケータイを見ている女性もいた。無防備状態だとは思いもよらないのだろう。

当然、ケータイを持たない人はいる。持っていてもその利用をよく認識している人もいる。しかし、かなりの人がマナーを守らないで使っているのが現状である。

＊習性　［その動物の行動面に現れる］その類特有の性質（『新明解国語辞典』第三版）

ホームステイ・ペアレント

厚木市は韓国ソウル市に近い軍浦《クンポ》市と姉妹都市協定を結んでいる。市民は相互訪問し、交流している。

厚木ホームステイの会では、クンポ市に限らず、語学研修生を受け入れている。ペアレントとして一週間くらい受け入れ、土、日には終日面倒をみる。週日には、彼らは湘北短期大学の交流行事に参加したり、箱根や小田原へ観光に行く。

数年前の夏、ソウルからの語学研修生が来た。わが家では男子学生を受け入れた。次の日は「鮎まつり」の花火大会である。彼と一緒に河原の見物席に招待され、楽しんだ。彼は鮎まつりのパンフレットを見ていて、「大花火大会」はどう読むのかと私に聞いた。前の「大」の字を「だい」、あとを「たい」というのはどうしてかと聞かれたが、答えるのに窮した。パンフレットには、大会議場、大通りという字もある。彼が帰った数日後、静岡へ行った。横断幕が目に入り、「大井川大花火大会」と書かれていたのには笑ってしまった。

また、わが家にはポロという名の犬がいる。韓国語でポロと発音すると、日本語でいう

「捕虜」だという。語学研修ならではのエピソードである。小田原城へも連れて行った。ここでは特に日本の歴史の一端ということで、展示品などを興味深そうに見ていた。日本のかなりの青年に失われたと思われるさわやかさをもった韓国の青年との三日間だった。

クンポ市の女子短大生を受け入れたときは、二人の孫娘は小学校低学年であった。言葉はあまり通じないのに、おねえちゃん、おねえちゃんと言ってそばを離れなかった。みんなで、はとバスに乗って二重橋―浅草―東京タワーを回る東京見物コースの観光をした。

平成21年7月にはオーストラリアの14歳の男子生徒を受け入れた。メルボルンの西約100キロのところのバララト市の中学生である。

ホームステイの会の役員は受け入れ家庭に研修生を割りふるのが大変らしい。この生徒の親は、二人一緒に受け入れる家庭に割りふってもらいたいといったようだ。わが家では、慣れているから心配いらないと言ってあげた。市の施設の一室で対面のセレモニーが行われるので、小学4年と5年の孫も連れていった。研修生が入ってくると、どの子なのかといつも緊張する。当然、研修生たちも。

割りふられた子と、立食パーティの中に加わり、数日の付合いが始まる。日曜日には、平塚の七夕に連れて行った。すると、ほかのペアレントも考えることは同じで、4組の研修生とペアレントたちとかち合い、大笑いした。彼らは人の多さにびっくりしたようだ。イベント会場でけん玉や習字などを体験して日本の伝統文化の一端を楽しんだようだ。

山の動物

（一）

森の中の登山道で、こずえ越しに遠くの景色を眺めていた。

今来た10メートルくらい後ろの藪で「カサカサッ」と音がしたようだ。と、次の瞬間、豚ぐらいの動物がダダッと道を横切って向かいの藪に消えた。薄暗かったので外見をはっきり認識できなかった。黒豚かなと思ったが、猪なのだろう。

山ではめったに動物には出合わない。出合うのは予期しないときで、ハッとした瞬間に姿を消してしまうことが多い。不思議なことに、この一瞬が脳に焼きついて記憶に残る。

これからの話は、私と動物との一瞬の出合いの実話である。

ただし、40年くらい前からのことで、いつなのかなどの時間軸はない。

猪の子は、奈良漬にするシマウリのような毛並みをしているのでウリ坊と呼ばれる。

ウリ坊に最初に出合ったのは、大山のケーブルに乗っているときで、すぐ下の谷からこっちを見上げていた。箱根の大涌谷に登る道から分かれた道で、こっちを見ているのにも出合った。

友人と熊野をドライブしたとき、二度とはないと思うウリ坊との出合いもあった。熊野古道は多くのルートがある。ある古道では国道がすぐ下を通っている。ちょっと休んでいこうかということになり、熊野古道と交差する峠の茶屋でコーヒーを飲んでいた。老人が2頭の子犬を従えて古道から交差点に出てきた。2、3メートル後ろからウリ坊がチョコチョコついてきている。

「あれ！　ウリ坊だ」と友人に。「エーッ！　……本当だ」と友人が。

老人と子犬2頭、それにウリ坊が当り前のように古道に消えていった。しばらく呆気に取られていた。そして想像した。ウリ坊はこの老人に飼われていて、子犬たちといつも散歩をしているんだ、と。たぶん親猪が狩で殺され、そこにいたウリ坊が連れてこられ、犬の乳をもらって育てられているのだろう。

だいぶ前に、飯山温泉近くの森で猿に出くわしたことがある。初めてなので驚くとともに緊張した。

厚木市北部から清川村にかけての山には、鳶尾群、経ヶ岳群、煤ヶ谷群という三つの独立した猿の群れがいる。鳶尾群には約100頭いるという。地元の人によると、私が日ごろ登っている鳶尾山近辺には、昔はいなかったらしい。鳶尾群の猿に最初に出くわしたのはそんなに前ではない。経ヶ岳群からのはぐれ猿が起源だろうが、100頭とは多過ぎるのではないか。

出合い始めのころの猿は逃げるように早々と木から木へと渡って姿を消した。

あるとき、7、8メートルくらい先に猿がいるのに気づいた。赤い顔の猿がこっちを見ている。ボス猿だろうか。進もうとすると、牙を剥いた。私は目を合わせてしまったのだ。このとき、登山道入り口の立て看板に書いてある、猿に出くわしたときの注意事項を思い出した。猿に出くわしたときは、「目を合わせない、刺激しない」ということだ。目を合わせて接近し、恐怖心を抱かせるのは禁物だ。

鳶尾群の猿は、最近だいぶ人間に馴れたような気がする。数メートル先に座ってこっちを見ていることさえある。こんなときは、向こうを視野に入れつつ、目を合わせないように知らん振りして通り過ぎればよい。

ときには群れがこっちに気づかないことがある。このような場合は、こっちの存在を分からせるように咳払いをしたり、手をたたいたりするとよい。

厚木市が害獣被害から集落を守ろうと工事してきた防護柵（約25キロ）が2012年3月に完成した。近隣の農家や住民の農作物被害は少なくなるだろう。

（二）

若いころ、朝食前に近くの荻野川の土手を30～40分サイクリングするのが日課だった。ある朝、走っていく方角の両岸に何か人だかりしている。軽トラックが数台止まっている。なんだろうかと野次馬になる。川岸の葦の茂みから、鹿の死体を引き上げているところである。ここは葦が生えているところは浅いが、その先は急な深みになっている。この地区では、両岸からすぐ田んぼである。左岸側は市街が、右岸側は散策路のある里山に続いている。鹿は左岸の方に渡ろうとして川に入り、深みにはまって溺れたのだろう。

丹沢の山々を歩いていると、鹿に出合うのはそんなに珍しくもない。だいぶ前にこの散策路で鹿を見たこともある。秦野市の大倉バス停から塔ノ岳に登る大倉尾根は、だらだらと長い登りが続くことから、バカ尾根と言われる。この尾根を登っているとき、もう少しで頂上というところで子鹿連れの鹿に出合った。さらに頂上でも何回か出合った。尾根で鹿の死体を見たこともある。

神奈川県の野生動物による農作物被害は、猿、鹿、猪によるものが6〜8割を占め、捕獲数は増加傾向にあるという。

数日前、いつものように鳶尾山に登っているときに、国道421号線をはさんだ反対側の西山（相州アルプス）から銃声が3回聞こえた。たぶん、鹿狩りをしているのであろう。ずっと前に、この尾根を歩いているときに鉄砲を腋の下に構えて犬が吼える方向をうかがっている人に出会った。平成23年度の東丹沢での捕獲数は、猪が10頭、鹿が70頭だという。鹿は結構多く、食害が問題になっている。

近年、鹿の生息数の増加とともにヤマビルも増えていると聞く。先の散策路の登り口に、ヤマビルに注意を促す立て看板がある。ヤマビルは東丹沢、北丹沢に多いといわれるが、西丹沢、南丹沢へと生息地域が広がっているらしい。この原因は鹿などの動物の足に取りついて運ばれることによるという。

狸にも出合う。麓の一軒家の庭先でのこと。猫が庭の真ん中に座っている。狸は通りの方にいたが、私を見ると猫の横を通ってそそくさと逃げていった。猫は狸を追いかける様子もない。仲間感覚でいるのだろうか。

この家の近辺で、数回狸に出合った。毛がまったく生えてない弱った狸もいた。山仕事をしていた知人によると、狸はこのような脱毛症にかかりやすいという。この脱毛症は犬に感染するので、犬を山に連れて行くのは好ましくないという。

ハイキングコースの入り口にある小さい公園に、夕闇が迫るころ、やはり脱毛症にかかってあまり歩けない狸がいた。かわいそうだが素手では触れない。大急ぎで家から軍手を持ってきて、棒で突きながら公園の物置の裏へ誘導した。すぐ狸はうずくまった。よっぽど弱っていたのだろう。翌朝、行ってみると、昨日と同じようにうずくまって死んでいた。山に通じる階段から少し外れたところに埋めてあげた。ちょうど家の庭に出てきたドングリの木をここに植えた。それにしても、この狸は死の間際に、人間がいる異界に出てくるなど不思議なこともあるものだ。

生きたモグラを見たことはないが、死んだのは見たことがある。モグラは意外と小さくマウスくらいで、黒毛だ。土を掘るピンク色の前足は短く、それこそ土掻きだということがよく分かる。当然、蛇や蛙にも出合う。

死んだ動物は数日で消えてしまう。トンビやオオタカあるいはカラスなどが始末するのだろう。猫の死体を登山道の横の木の下に移しておいたら、次の日にはなくなっていた。

食物連鎖が思い浮かんだ。

このように山歩きでの動物との出合いをまとめてみると、結構出合っていることに気づいた。被害といえば、最近、山歩きをしていると、ヤマビルにたかられるようになったくらいだ。

(三)

蛇は、突然ニョロニョロと動くのでギクッとする。

以前は蛇を見ると鳥肌が立ち、目をそらしたりしたが、今はそれほどではない。

それでも蛇が出たところは脳裏に焼きつく。やはりかなり嫌いだからなのだろう。ハイキングでよく通る道では遭遇したところをはっきり覚えている。夏は蛇が出るので山登りはしないという人がいたのには驚いたが、納得はできる。

不思議なのは、同じところで蛇が二度と出ないことだ。蛇にとっては、人間に出合うのは最悪の事態だからだろうか。しかも蛇は逃げの一手だ。こっちをうかがうとか攻撃してくるとかは一切ない。要は、こっちから近づいて危害を加えないことだ。

ハイキングコースの入り口から少し歩いたところで、その年初めて蛇に出合った。次の日、この近くの道路で、犬を散歩させていた妻が蛇を見たという。季節の便りとして、このことを話題にした一文をラジオ番組に投稿した。これが放送で読まれ、アナウンサーが、「お二人が見たのは同じ蛇だったのでしょうかね」

とコメントしてくれた。


ヤマビルの卵は「落ち葉の上の宝石」と例えられるほどだ。オレンジ色の5～10個の卵が蜂の巣のように並び、その約1センチの外周が透明な膜で縁取りされている。卵がかえってから1週間くらいで人間や鹿などにたかって血を吸う。

「ヤマビル対策」についての講演会が開催された。この少し前にヤマビルに刺されたので聞くことにした。最近ヤマビルが増え、その原因は山や麓で落ち葉を集めたり草刈りをしなくなったことと、鹿の増加によるという。ヤマビルが好む環境は落ち葉がある高湿度の日陰である。鹿は動くので、血を吸ったヤマビルを撒き散らす。

ヤマビルの色と姿はミミズに似ていて、大きさと動きは尺取虫のようだ。動きは結構速い。

ヤマビルにたかられないための対策は、①靴に塩水を吹きかけておく　②靴下の下に女性用シームレスソックスを履く　③湿気がある落ち葉の上では長くたたずまない　④靴にたかっていないかどうかをときどき点検する、などである。

ヤマビルは吸いつくときに、ヒルジンという麻酔作用のあるものを出すので痛みは感じない。刺されると蚊の場合と同じように数時間痒く、しみ出るように出血が続く。ヤマビルに吸いつかれているときは塩水を吹きかけたり、たばこの火を近づけるとコロッと落ちる。

注意すればヤマビルなど怖いことはない。このため、山に行かないなどは勿体ない。

動物に学ぶ

「クマがいるところへ、人間が入ってきたんです」

秩父三峯神社の博物館での、入館者の質問に対する職員の答えである。

平成24年6月初旬、厚木市七沢でクマを目撃したと、110番通報があったという。

下旬には、奥飛騨平湯温泉へ行くバスの中で、

「あのあたりではクマが出たとの情報があるので、夕方以降には外に出ないように」

と添乗員に注意された。

危険なクマを絶滅に追い込まないで共生するのは、それだけの理由がある。

クマは森林の動物であり、生物多様性の貴重な一員である。また、クマの習性は知り尽くされている。

①まず、聴覚が鋭い。遭遇は出合い頭であることが多く、一人で森林に入るときは鈴などで人間の存在を知らせる必要がある

②クマは背中を見せて逃げるものを追う習性があるので、出合ってしまったときは静かに後ずさりする

③死肉を食う習性もあるので、死んだふりをするのは自ら死を招くような行為であるとは言え、人間に危害を加え、あるいはその可能性があるときには断固駆除される。

筆者は若いとき、ムツゴロウこと畑正憲の小説をよく読んだ。『どんべえ物語』というヒグマと一緒に暮らして育てた実話がある。『野生のエルザ』（ジョイ・アダムソン）はケニア生まれのライオンの、同じような物語である。このころから動物文学に夢中になった。人間に追い詰められながら、様々な知恵を発揮して生き抜いていく動物の様子を、ハラハラしながら読んだものだ。獣医、動物園の飼育係、動物学者などは、『シートン動物記』を読んで育った人が多いという。余談だが、今はシートン動物記のときから100年経ったという。

動物文学は、動物の習性などを基にして自然の掟を織り込んだ話が展開される。人間と関わる物語もある。動物文学では、すべて事実に基づいているかというと必ずしもそうではないようだ。クマに出合ったとき死んだふりをするというのは、イソップの寓話『熊と旅人』の話の中に出てくるという。

動物行動学は動物学の一分野である。動物の習性や行動を先入観なしに観察、推察して法則性を引き出す。そして、そこから人間の特性を考察できることもあるという。

コンラート・ローレンツは、動物行動学の創成に関わった学者で、ノーベル賞（1973年）を受賞した。著書『ソロモンの指輪』の中で、強い動物と弱い動物の同族内での行動について述べている。

オオカミのような強い動物は、権力争いでの敗者が一番の弱点である腹や首を勝者の口のところに差し出す。すると勝者は本当は噛みつきたいのだが噛みつけず、ただ牙を剥くだけだという。弱い動物である七面鳥を狭い鳥かごに2羽入れておくと、争いが始まる。勝った方は攻撃を緩めず、戦意をなくした相手を殺してしまうという。

人間は、鉄砲を作る能力がある一方、これで同族を殺害する。人間は果たして強い動物なのだろうかと疑問を投げかけられよう。ローレンツは「人間の社会生活は、本能的な行動様式と、文化的に獲得した行動様式とが一体となってできているのだが、残念ながら両者の作用のつながりは、存在する限りで最も複雑なシステムであるといってもほぼ間違いないだろう」と言っている。

今春（2012年）からの、佐渡トキ保護センターでの、放鳥トキの営巣からひな鳥の巣立ちまでのドラマは常態化している。朱鷺色の羽は美しい。ここには動物行動学の知識や技術が数多く活かされていることだろう。地球環境の点からも野生生物の自然復帰は貴重な喜ばしい出来事だ。

裏の畑でポチがなく〜♪

ご存じ、「はなさかじいさん」の歌の一節、裏の畑でポチがなく〜♪
歌や物語では犬といえばポチ。ポチは犬の代名詞にさえなっている。この歌は明治後期に作られ、当時はポチが犬の一般的な名前であったらしい。今はこの名前をつける人はほとんどない、と何かで読んだことがある。

ところがいた。2匹も。

2年前に遠い親戚を訪ねたとき、柴犬がいた。名前を聞いたところ、ポチだという。ある山小屋で人気者になっているポチに会ってきたという新聞記事もあった。

近所にポコという犬がいる。そのお宅では、「ポコ、ポコ」と連呼するのではなく、「ポコー」と間延びしたように1回呼ぶ。いい名前をつけたものだと感心した。

ポコが飼われてしばらくすると、わが家でも欲しくなった。前は黒柴犬を飼ったが、今度は赤柴犬にした。名前をつける段になって、はたと困った。ポチとハチ公（渋谷駅に銅像）、ポチとポコ……と熟慮（?）してポロと名づけた。しばらくすると、近所の奥様方に「ポロちゃん」と呼ばれ、市民権を得た。

秋篠宮親王の長女眞子さんが昆虫を手に乗せている写真を見て、しっかり育っていらっしゃると感心した。犬を飼う大きな理由はこれと関係がある。孫が犬を怖がったからだ。動物を飼うと何日も留守にできない。ありがたいことに、隣のお宅と懇意にしていただいており、面倒をおかけすることがある。

柴犬は独特の素朴さがあり、日本犬の中で一番人気がある。ポロの芸はオスワリとお手だけ。しつけは、無駄吠えをしないこと、呼ばれたら必ず来ること、散歩のときに綱を強く引っ張らないことだけ。ハアハア言って綱を引いている犬をときどき見かける。これは、その犬が綱を持っている人より序列が上だと思い込んでいるのだという。群れる動物は序列が安定の絶対条件であり、自分がボスだと思い込んだ犬にはストレスがかかるらしい。

ポロは雷が大嫌いで、ピカッ、ゴロゴロと鳴ると、キャンキャン鳴いて怖がり、始末におえなくなる。こうなったら、玄関の中に入れてやる。すると落ち着く。「古代中国の杞の国人は天が崩れ落ちてこないかと憂え、寝食を廃したという」故事から、杞憂という言葉が生み出された。雷をただただ怖がるのだが、いくらなんでも「杞憂だよ」とも言えず入れてやる。今年の夏は雷で2～3回入れた。

おわりに

終戦のときに幼児だった私は、戦争を知らない世代の走りです。そのため、戦争の惨めな体験がありません。戦後、経済や科学技術、生活・医療など、多くの分野での発展はめざましく、この恩恵を受けつつ激動の時代に生きてきたものだと思っています。

奈良・薬師寺の高田好胤元管主（故人）は、法話の中で、高度経済成長の先を憂い、「物で栄えて心で滅ばないように」という言葉で、心の大切さを訴えておられました。大阪万博（１９７０年）があったころです。

１９７０年代から地球環境問題が人類の大きな課題として明らかにされてきました。温暖化による現象の一つに、異常気象が発生しやすくなります。

数年前から巨大ハリケーンなどの激しい気象現象が世界的に発生しています。日本でもゲリラ豪雨や竜巻などが発生しています。われわれは、これに慣れてしまい、高をくくっていることはないでしょうか？

このほか資源の枯渇、人口爆発、貧困、森林破壊などの課題が山積しています。昔の人は「杞憂」という言葉を残しています。子々孫々のため、人類のため、地球環境についてては細心の配慮が必要です。

わが国では、少子高齢化、経済・雇用の悪化、巨大災害と原発事故による被害、エネルギー問題が大きな課題としてあります。

力は微々たるものですが、社会貢献や人との絆づくりなどで役に立てればと考える昨今です。

挿絵は日本画家の山﨑洋子氏にお願いしました。心から感謝の意を表します。

また、出版にあたって一方ならぬお世話になった文芸社の方々にもお礼申し上げます。

２０１３年１月

藤田　実

著者プロフィール

藤田 実（ふじた みのる）

1940年、東京都生まれ。

茨城大学工学部工業化学科卒。

民間企業を経て、東京都市大学（旧武蔵工業大学）元講師。

博士（工学）。専門は材料工学、環境工学。

現在、神奈川県地球温暖化防止活動推進員、一般財団法人省エネルギーセンター省エネルギー普及指導員、（社）日本山岳協会自然保護指導員など、環境保全の啓蒙活動に従事。

【資格】公害防止管理者水質第１種、同大気第１種、エコピープル（東京商工会議所）ほか。

地球儀から見えてくること

2013年３月15日　初版第１刷発行

著　者　藤田 実
発行者　瓜谷 綱延
発行所　株式会社文芸社
〒160-0022　東京都新宿区新宿１－10－１
電話　03-5369-3060（編集）
03-5369-2299（販売）

印刷所　株式会社フクイン

ISBN978-4-286-13474-1